クールな警視正と交際0日お見合い婚で蜜甘夫婦になりました

〜堅物旦那様は箱入り新妻への恋情を抑えきれない〜

m a r m a l a d e b u n k o

河野美姫

マーマレード文庫

目次

クールな警視正と交際0日お見合い婚で蜜甘夫婦になりました
～堅物旦那様は箱入り新妻への恋情を抑えきれない～

クールな警視正と交際0日お見合い婚で蜜甘夫婦になりました

～堅物旦那様は箱入り新妻への恋情を抑えきれない～

プロローグ

港区《みなとく》エリアの端に店を構える、由緒ある老舗料亭。

京町家のような外観の門を通り抜けると、広い庭がある。

大きな池では、数匹の錦鯉が艶やかな姿をお披露目するように悠然と泳いでいた。

私――九重椛《ここのえもみじ》がいる個室の窓からは、中庭が望める。

緑の松の木とその向こうに見える東京《とうきょう》タワーの赤色の対比で、美しい景観だった。

墨絵の桜の掛け軸や、陶製の花器に生けられた花。

それらに囲まれた大きなテーブルには、目にも鮮やかな会席料理が並び、煮物椀からは柚子の香りがほんのりと感じられた。

「水無瀬《みなせ》くんは、警察大学校で首席だったエリートだ。捜査一課時代の検挙率は同期の中でも群を抜いていたし、今は警視正だがもっと上にいく警察官だよ」

「そんなことは……。私はまだまだですし、九重警視監の足元にも及びません」

「ハハッ！　それはまた謙虚に出たな」

正面で正座をしている水無瀬誠《まこと》さんの言葉に、強面の父の頬が綻ぶ。

目尻に刻まれた笑い皺が、父が上機嫌であることを物語っていた。

水無瀬さんにつられるように、着物姿の私も背筋を伸ばし直す。

帯のせいで窮屈に感じていた胃のあたりが、わずかにラクになった。

（お父さん、『会うだけでいい』なんて言ってたけど、ものすごく乗り気じゃない）

少しばかり騙されたような気持ちになり、心の中でため息をつく。

キャリア警察官の父には、それはそれは大切に育てられてきた。

もともと堅物な父は、私が一人娘ということもあいまってか、寡黙な性格のわりには口うるさく、とても厳しく過保護だった。

中学校までは寄り道は許されず、高校は女子校。

門限は高校生になっても小学生並みだったため、バイトは禁止。

たまに友人たちと遊びに行くとき以外は、家族と過ごしてばかりだった。

大学は、夢だった幼稚園教諭の資格を取るために選んだ学部で、男女比率では圧倒的に女子が上回る。

サークルも、当然のように女子の比率が高かった。

ようやく解禁されたバイトも、父の知り合いが開業している歯科医院の受付。

頑丈な箱に入れられていたせいで、もちろん合コンなんて縁がなかった。

大学を卒業してからは幼稚園教諭として働き、周囲にいる男性と言えば施設管理員さんと保護者くらい。

二十八歳になった今もそんな状況の私を見兼ねたのか、学生時代には『恋愛などしなくていい』と言わんばかりの態度だった父が、このお見合いの席を設けたのだ。

『水無瀬くんは今は別の部署にいるが、父さんが関わってきた部下の中でもっとも信頼できる人間だ。ああ、でもそう堅苦しく考えなくていい。向こうだって会うだけのつもりだろうから、椛も肩肘を張らずに会ってみないか』

最初は『そんなのいいよ』なんて言っていたけれど、なぜか父が諦めてくれず勝手に話を進めてしまい、最終的には私が折れるような形で今日を迎えた。

そして、お見合い相手として目の前にいるのが、警視正の水無瀬さんだ。

三十六歳で警視正ということは、エリートであるのは間違いない。

さらには、精悍な容姿にもかかわらず、彼には恋人がいないのだという。

写真で見るよりもずっと素敵な外見だからこそ、それが不思議でたまらなかった。

「もうこんな時間か。私はそろそろ席を外すから、あとはふたりでゆっくり過ごしなさい。椛、くれぐれも水無瀬くんに粗相がないようにな」

「……うん」

子ども扱いをされて、思わず唇を尖らせたくなってしまう。

私はもう、立派な社会人だ。

父から見ればいつまでも子どもなのだろうけれど、なにも今そんな言い方をしなくてもいいのに……と思わずにはいられなかった。

「じゃあ、水無瀬くん、あとは頼んだよ」

「承知しております。お嬢様はきちんとご自宅まで送り届けますので」

「ああ、頼む。近いうちに飲みにでも行こう」

「はい。ありがとうございます」

（えぇ……。お父さん、そんなこと頼まないでよ……）

いくら父が信頼している元部下とはいえ、私からすれば初対面の相手だ。

家まで送ってもらうなんて気が引ける。

そんな私の気持ちを余所に、父は上機嫌のまま個室から出て行った。

しん、と水を打ったように静寂が訪れる。

父の膳は綺麗に平らげられていて、それがまたふたりきりであることを強調しているみたいだった。

ふと、水無瀬さんと目が合う。

切れ長の二重瞼に、絵に描いたようにスッと通った鼻梁。

高い鼻は彫りの深い顔立ちを際立たせ、横顔まで綺麗だ。

ビジネスショートの黒髪には艶があり、斜めに分けた前髪もすっきりとしている。

身上書に一八五センチと書かれていた通り、身長も高い。

先にここに来ていた彼が立ち上がって挨拶をしてくれたとき、私は自然と見上げていた。

一方で、がっしりとした体つきでありながらも武骨な印象はなく、スーツの上からでも綺麗に鍛え上げられているのがわかる。

警察官という職業柄もあって、きっとトレーニングを欠かさないのだろう。

ぼんやりしかけていた私は、気まずさを隠すように慌てて口を開く。

「すみません、父が余計なことを……」

「え？」

すると、水無瀬さんが不思議そうな表情になった。

「もういい歳なのに子ども扱いをされていて、お恥ずかしい限りです。家までは自分で帰りますので」

ふっと瞳をたわませた彼が、優しく否定するように首を横に振る。

「九重警視監は、椛さんのことをとても大事にされているのだと伝わってきました。それに、私も心配ですから、きちんとお送りさせてください」

「そんな……。本当に父の言うことはお気になさらないでください」

柔らかい笑みを向けられて、まごつきそうになった。

どうしてだか、水無瀬さんとは初めて会った気がしない。

お見合いの話が持ちかけられてからというもの、父から彼の話を聞かされていたせいだろうか。

柔和な笑顔を見るたびに、不思議と以前から知っている気がしてくるのだ。

「父は昔から本当に過保護で……。今でもまだ、私を学生の頃のままだと思っているんです。心配性と過保護も度をすぎると、周囲が困りますよね」

「そんなことありません」

水無瀬さんは、きっと父を庇ってくれているだけ。

けれど、彼の優しい表情と声音のせいか、それが本心であるように思わされる。

「九重警視監の部下だった頃は、ときどき椛さんのお話をお聞きしていたんです。ですから、警視監が椛さんを大事にされているのは部下ならみんな知ってます」

父が部下の人たちにどんな話をしていたのかと思うと、なんだかいたたまれなくなってしまった。

「えっと……父はどんなことを……？」

「努力家なこととか、幼稚園教諭を目指しているとか、他愛のない内容が多かったですが、一番口にされていたのは『変な虫がつかないか心配でたまらない』と」

「もう……。そんな話を聞かされても困りますよね。だいたい、父が厳しくて男の子とろくに遊ぶこともなかったのに、どうやって変な虫がつくと思ってたんでしょう。それでいて今度は正反対の心配をするんですから、本当に困ったものです」

ため息をつきそうになって、ハッとする。

今はお見合い中で、目の前にいるのはその相手。

水無瀬さんこそ、こんなことを言われても困るだろう。

彼はどこか話しやすい雰囲気があるからか、つい余計なことを口にしてしまった。

「こんなに可愛いお嬢さんがいたら、父親としてはいつまでも心配で仕方がないのはわかります。ですが、椛さんからすれば、『急にお見合いを勧めるなんて今までと言ってることが違うだろう』となりますよね」

ところが、水無瀬さんは嫌な顔もせず、相槌を打って共感してくれた。

どこか冗談めかした言い方だったからか、私を包んでいた緊張感が和らいでいく。

一瞬、『可愛い』という言葉に反応しそうになったけれど、すぐにリップサービスだと思い直した。

「そうかもしれません。でも、水無瀬さんがそんな風に言ってくださったので、なんだかすっきりしました」

水無瀬さんは首を横に振ったけれど、穏やかな眼差しでいる。

気づけば、私たちの間にある空気がさきほどよりも柔らかくなっていた。

「そういえば、椛さんはお休みの日はどんな風に過ごされているんですか？」

顔を合わせてから一時間が経って、ようやくそんなことを訊かれる。

ずっと父が話していたせいで、当人である私たちはお互いのことをまだほとんど知らないと言っても過言じゃない。

それがなんだかおかしかった。

「えっと……仕事の下準備とか、幼児教育に関する資料を読んだり、作り置きを用意したりという感じです。ときどき友人と食事に行ったりもしますが、家で過ごすことが多いので」

「なにか趣味に通じることをされたりとかは？」

「趣味と言えるのは、仕事くらいしか……」

深く考えずに答えたあとで、お見合いの席でこれはよくないかもしれないと思う。

ところが、彼は特に気に留める様子もなく頷いた。

「仕事がとてもお好きなんですね。どうして幼稚園教諭になりたいと思ったのか、訊いても構いませんか？」

「はい。でも、すごく単純な理由ですよ。幼稚園に通ってた頃の担任の先生に憧れてたのと、中学校の職業体験で幼稚園に行ったら意外にも子どもが好きだと気づいたからというくらいで……」

高い志があったわけでも、幼い頃からの夢だったわけでもない。

最初はただ純粋な憧れから始まっただけで、それ以上でもそれ以下でもなかった。

「夢にするには充分な動機だと思います」

優しい眼差しに、思わず頬が綻んでしまう。

社交辞令だとしても、なんだか嬉しかった。

「それに、休日にも仕事に関することに時間を費やすくらいですから、誠実に向き合われているんでしょう。もちろん、大変なご職業だとは思いますが」

「確かに大変なこともあります。でも、楽しいことの方が多いです。子どもたちの成長を間近で見られるのは嬉しいですし、私も頑張ろうって思えるんですよ」

園児たちのことなら、きっと何時間でも話せてしまう。

入園時からどんな風に成長したのかとか、子どもたちが純粋なこととか。それなのに、ときどき大人顔負けの嘘をついたりとか。

けれど、どの子も真っ直ぐで素直だし、まだまだ未知の可能性を秘めている。

「……って、すみません！　こんなお話、つまらないですよね……」

浮かれたように話し続けてしまい、ハッとしたときには何十分も水無瀬さんを聞き役にしてしまっていた。

普段の私は、聞き手に回ることが多い。

それなのに、彼は聞き上手なのか、自然と言葉が出てきていたのだ。

慌てて頭を下げれば、水無瀬さんが微笑んだまま首を横に振った。

「実は、私は話すのが得意ではないので、九重警視監が席を外されたあとはどうしたものかと思っていました。ですから、椛さんが話してくださって助かっています。それに、もっと椛さんの話を聞かせていただきたいです」

丁寧な言葉と優しさ、そして柔和な表情に鼓動が小さく跳ねる。

冬の空気の中に春の香りを微かに感じ始めた、二月下旬。

この感覚がときめきだということを、私はまだ気づいていなかった――。

一章　お見合い結婚後の振る舞い方

一　突然のプロポーズ

桜が散って新緑が目立ち始めた、四月中旬。

お迎え待ちだった最後の園児を送り出して職員室に行くと、他のクラスの先生たちが事務作業に勤しんでいた。

「お疲れ様。もも組もみんな帰った？」

主任の佐藤妙子《さとうたえこ》先生に「はい」と返せば、彼女がホッとしたように笑った。

「じゃあ、園児たちはみんな送り出せたね。今日も無事に終われてよかった」

妙子先生につられるように、私も頬を綻ばせる。

まだ事務作業などが残っているけれど、彼女の言う『無事に』というのは『園児たちが全員無事に降園した』という意味だ。

それをわかっている先生たちは、まるで肩の荷を下ろしたように頷いた。

東京都内の一角にある、『よつば幼稚園』。

私は、そこで年長クラスのもも組の担任をしている。

四年制の大学で幼稚園教諭一種免許を取得後、よつば幼稚園に就職し、今年度で七年目に入ったところだ。

最初の二年は、バス通園の同乗や副担任をしていた。

それらを経て、担任を持つのは今年で五度目になる。

三年目と四年目には、年中クラスを担当。

五年目からは、年少クラスから持ち上がりで年中・年長クラスの担任をしているから、今受け持っている園児たちは入園したときから見ている。

そのため、園児たちやクラスへの思い入れは今まで以上かもしれない。

「そういえば、来週の個人面談のスケジュールの返事はもうもらった？」

「はい。なんとか全員の予定を組めました」

「よかったわ。四月は特に大変だけど、年長は一年間ずっと慌ただしいし、できるだけ早めの作業を心掛けてね。まあ、椛先生なら大丈夫だと思うけど」

「不安もありますが、頑張ります」

「うん、よろしくね」

幼稚園というのは、とにかく行事が多い。中でも、春が一番大変だ。

四月は、入園式や始業式、身体測定と内科検診がある。

さらには保護者の中から役員を選出し、給食が始まり、幼稚園で個人面談を行う。

五月には春の遠足、六月には参観、直後にはプール開きが待ち構えている。

七月は一学期の終業式があり、それを済ませても夏祭りがあったり園のプールを開放したりと、職員は夏休みらしい日々は送れない。

よつば幼稚園は夏季保育やお泊まり保育はないけれど、夏休み期間中も二学期の準備や電話番のために交代で出勤し、ときには研修を受けに行くこともある。

二学期が始まれば、九月には作品展があり、十月には運動会が控えている。

十一月には、秋の遠足とお遊戯会。

十二月にはクリスマス会があり、冬休みも夏休みと同じように交代で勤務する。

年明けからは卒園式の準備を進めつつ、二月には一年間の成長を見せるための参観がある。

ようやく迎えた三月には、年長クラスのお別れ会と卒園式が行われる。

このあとに春休みに入るけれど、新年度に向けた準備で慌ただしい。

そして、冒頭の四月に戻る——という感じだ。

「あ、そうだ。今週末にある年長クラスの遠足の下見だけど、当日の朝はここから出発ね。まあ毎年のことだから、先生たちはわかってるだろうけど」

「はい。大丈夫です」

私が笑顔で返せば、年長クラスの担任であるさくら組とうめ組の先生も頷いた。

遠足の下見は、その学年の担任と主任、園長先生が行くことになっている。

私たちは一回でいいけれど、妙子先生と園長先生は年少と年中クラスの分もあるから三回も下見に行くため、四月の土曜日はほとんど休日出勤することになる。

担任を持つのもとても大変だけれど、主任と園長先生も業務量が多いのだ。

現に、新学期が始まって以来ずっと残業をしている私以上に、妙子先生の終業時刻は遅い。

余裕があれば職員で作業を手伝うものの、どの先生もそれぞれに大量の業務を抱えていて、自分のことで精一杯なのが現状だった。

十八時を過ぎて数人が帰り始めても、職員室には何人かの職員が残っていた。

私も来週から始まる個人面談で話す内容を纏め切れず、まだ帰れそうにない。

目の疲れを感じて休憩を挟もうと、二杯目のコーヒーを淹れた。

「そういえば、お見合い相手とはどうなったの？」

「っ……！　急になんですか？」

つい動揺をあらわにしてしまう。

マグカップに口をつけていたせいで、危うくコーヒーを噴き出すところだった。

「もうみんな帰ったから訊いてもいいかな、と思って」

五分ほど前から、職員室には妙子先生と私しかいない。

そのタイミングを待っていたかのように、彼女はメガネの奥の瞳を緩めてにこにこと笑っていた。

「特になにも……。食事に行ったり、少し会ったりしたくらいです」

お見合いの件を愚痴交じりに零したのは、二月中旬のこと。

今日のように妙子先生と残業をしていたとき、憂鬱な気持ちを吐き出したのだ。

彼女に『出会いは大事にした方がいいわよ』と背中を押されたのも記憶に新しく、その言葉で少しだけ前向きな気持ちでお見合いに臨めた。

「まだ乗り気じゃないままなの？　いい人だって話してたじゃない」

「それはそうなんですが……」

水無瀬さんは、とてもいい人だと思う。

一見すると近寄りがたい雰囲気なのに、話し方や性格は穏やかな感じがする。

多忙な合間を縫って時間を作ってくれ、一緒にいて不快な思いをしたこともない。

彼自身がお見合いをどう思っていたのかはわからないけれど、なぜかすぐに断られることはなく、もうすぐ四度目のデートの約束が訪れようとしていた。

「お見合いしてどのくらいだっけ？」

「一か月半くらいです」

「早ければ、そろそろ結婚の話が出てもおかしくない頃ね」

「えっ？　そうなんですか？」

「この歳になると周囲が色々なパターンで結婚してるけど、お見合い結婚した中で早い子だと三か月くらいで籍を入れてたんじゃないかな」

妙子先生は私よりも十歳上で、友人や知人のほとんどが既婚者なのだとか。

「うかうかしてると、せっかくのチャンスを逃すわよ。いいなって思う人って、意外と出会えないものなの。いい男にはあっという間に相手ができるし、気づいたら婚期を逃して私みたいになるんだからね」

自虐めいた言葉をかけられたけれど、私から見れば彼女は憧れの対象だった。

仕事ができる上に数年前にマンションを購入し、ライフスタイルに理解のある恋人もいる。

独身とはいっても、きちんと恋愛もして、公私ともに充実しているのだ。

胸元まで伸びた黒髪をひとつ結びにし、メイクもナチュラルなため、外見こそ大人しい雰囲気だけれど、自分の人生観をしっかりと持っていて尊敬できる。

「でも、私は父が厳しかったので、妙子先生みたいな自立した生き方にも憧れます」

「そう言ってくれるのは嬉しいけど、三十八で独身って大変なことも多いのよ。自分なりの考えがあるなら独身でもいいとは思うけど、プライベートも大事にね」

自嘲っぽく眉を下げた妙子先生に、「肝に銘じておきます」と苦笑を返す。

その後、雑談は程々にして仕事に戻った。

やるべきことをこなしながら頭に浮かんだのは、水無瀬さんの顔だった。

彼と過ごした時間はまだ少ないけれど、そういえば居心地が悪かったことは一度もない気がする。

考えてみると、男性相手にそんな風に思ったことはなかったかもしれない。

デートは来週末で、水族館とディナーに行く予定だ。

妙子先生との会話のせいか、水無瀬さんのことを考えていたせいか……。なんだか急に彼の顔が見たくなった。

土曜日の水族館は、大勢の人で賑わっていた。

背が高い水無瀬さんは、他の人の邪魔にならないように気遣いながら水槽を観ていて、そんなところも素敵だな……なんて思う。

館内をゆっくり回り、イルカとアシカのショーを楽しんでからカフェで休憩した。

会話は他愛のないことばかりだったけれど、彼のことをひとつずつ知っていくのが楽しい。

そうして過ごす時間は、あっという間に感じたくらい。

そんな中、水無瀬さんがディナーの予約をしてくれていた十九時に合わせて、表参《おもてさん》道《どう》にあるレストランに着いた。

ウェイターに案内されたのは、最奥にある個室。

テーブルを挟んで彼と対面に座ったところで、私の中に大きな緊張感が芽生えた。

今日の私の服装は、パステル系のラベンダーの花があしらわれた上品なワンピースに、グレージュのパンプスを合わせている。

母譲りの二重瞼の目には、ラメの少ないブラウン系のアイシャドウ。

小さめの唇には、コーラル系の口紅。

少し低い鼻にはノーズシャドウを控えめに入れ、メイクもナチュラルにしている。

肩よりも二センチほど伸びた暗めのブラウンの髪は、天然パーマを活かしつつハーファップにし、パール系のヘアアクセを留めた。

装いで言えば、きっと問題はないはず。

けれど、お見合いの日以降は比較的リーズナブルなお店で食事をしていたため、高級店に連れてこられたのは予想外で、急に不安になった。

（どうしよう……。ここ、絶対に高いよね？　水無瀬さん、きっと今日もご馳走してくれるつもりなんだろうけど、さすがにこれは申し訳ないよ。せめて、割り勘にしてもらえないかな……）

そう思っていたのに、渡されたメニューに金額が記されていないことに驚いた。

「好きなものを注文してください」

「えっと……」

まさかサラダやスープだけ、なんてわけにはいかないだろう。

ただ、メイン料理がどの程度の金額なのかわからなくて、『好きなものを』と言われても気が引けた。

「悩まれてるなら、コースにしませんか？　苦手なものはほとんどないと言ってたので、俺が選んでも構いませんか？」

「あ、はい。ぜひお願いします」

決して強引じゃない言い方に、すかさず頷く。

割り勘のつもりでいても、水無瀬さんが決めてくれる方が気持ちがラクだった。

彼は手早くコースを選んでくれ、ドリンクはお互いにノンアルコールのスパークリングにした。

すぐに運ばれてきた前菜に手をつけ、「おいしいですね」と微笑み合う。

緊張からかしっかり味わう余裕はなかったけれど、おいしいと感じたのも本心だ。

今日まで、水無瀬さんとは会うたびに食事やお茶を共にしている。

お見合いの次に会った最初のデートと二回目には、お互いの仕事終わりに待ち合わせてディナーへ。

三回目は、ランチと映画のあとに千鳥ケ淵緑道《ちどりがふちりょくどう》の桜を見に行き、そのまま夕食も一緒に摂った。

四回目の今日は、水族館とカフェでお茶をし、今に至る――という感じだ。

お見合いの日も含めると、彼と会ったのは今日で五度目。

その間に色々なことを話した。

今は刑事部の捜査第二課に配属されていて、これまでには同じ刑事部の三課や一課にもいたのだとか。

父からは、父と水無瀬さんが捜査第一課にいたときの部下で、彼が配属された翌年に一課内で検挙率一位になったと聞いている。

学生時代には、剣道・柔道・空手といった武道を一通り習い、それが今でも活きていて、趣味はトレーニングであること。

仕事ばかりの生活だけれど、家でスポーツ観戦をするのが息抜きであること。

四歳上にお兄さんがいて、すでにご結婚されているという話も聞いた。

ご両親との仲は『普通ですよ』と言っていたけれど、誕生日や結婚記念日、母の日や父の日にプレゼントを贈るというのだから、きっと良好なのだろう。

食べ方は綺麗で上品だし、言動もとても常識的。

それでいて、柔軟さがある。

そういったところからも、育ちのよさが窺えた。

真面目で、真っ直ぐで、努力家。

口数が多い方じゃないのか、物静かで必要以上のことは語らない。

けれど、私が質問すれば、真摯に丁寧に答えてくれる。

たぶん少しだけ不器用で、黙っていると堅物そうにも見えるだろう。

ただ、数回しか会ったことがなくても、水無瀬さんの柔和な笑みや穏やかな話し方から、彼が優しくて気遣いができる人だというのもわかっていた。

はっきり言って、こんなに素敵な男性にどうして恋人がいないのか……と思う。

水無瀬さんと話せば話すほど、その疑問はどんどん大きくなっていった。

コース料理を堪能し、最後に運ばれてきたコーヒーとカフェ・プティフルールを口に運んだところで、彼の顔つきに険しさが混じった。

「少しいいですか」

「はい」

水無瀬さんの雰囲気につられて緊張感に包まれ、思わず背筋を伸ばしてしまう。

真っ直ぐすぎるほどの双眸に、まるで胸の奥まで射貫かれるようだった。

「俺は、椛さんと結婚したいと思っています」

「…………へ？」

たっぷりの沈黙のあとで、きょとんとした。

お見合いで出会った以上、友人関係を築いているわけじゃない。

そんなことはわかっているけれど、これまで特に具体的なことや今後について訊かれたことはなかったし、私も尋ねたことはなかった。

だから、どうすればいいのかわからず、誘われるがままに彼と会っていた。

もっとも、嫌じゃなかったからこそ、そうしてきたのだけれど。

「これまでお会いして、あなたは九重警視監に大切に育てられてきたのだと、よくわかっているつもりです。でも、これからは九重警視監の代わりに、俺に椛さんを守らせてください」

あまりにも真摯な言葉に、私はただ呆然と聞くことしかできない。

「俺は不器用で、女性の気持ちに寄り添えないところや気が利かない部分もあるかと思います。それでも、椛さんのことは全身全霊で大事にすると約束します」

その一方で、真剣な表情に胸の奥がドキドキと高鳴っていた。

「……そんなに驚かせましたか？」

「あ、いえ……。えっと……」

戸惑いながらも、ここは素直に頷く。

これだと、告白どころか、プロポーズのようなものだ。

別になにも考えていなかったわけじゃないつもりだったものの、水無瀬さんの言葉は私にとって予想外だった。

「お見合いをさせていただいた以上、友人として会ってたわけじゃないのはわかってます。ですが、その……いきなり結婚の話になるとは思わなくて……。お付き合いとか、もう少し順序を踏むのかとばかり……」

「ああ、なるほど。確かに、お見合いでもゆっくり進める場合もあるでしょう」

「い、いえ……！　私の考えが至らなかっただけですので」

「正直、焦ってるつもりはありませんが、お見合いで出会ってますから早々に話を進める方がいいと思ってましたし、これでも少し遅いかと悩んだくらいでした。なにより、俺は二度目に会った時点で椛さんと結婚したいと思ってました」

「えっ？　そうなんですか？」

私が目を真ん丸にすると、彼が眉を下げた。

困ったような複雑そうな顔に、しまった……と思う。

「すみません。やっぱりきちんと順序を踏むべきでしたね」

恋愛結婚ではない以上、普通のことなのかもしれないけれど、あまりのスピード感についていけない。

それなのに、鼓動はずっと速いまま。

うるさいくらいの拍動を感じながら、自分の中に喜びが芽生えたことに気づく。

水無瀬さんのことは、きっとまだ十分の一も知らない。

けれど、彼の人柄に惹かれているのは間違いなくて……。そして、早鐘を打つ胸の奥が、私の中にある芽吹いたばかりの感情の存在を伝えてくる。

お見合いの日に小さく跳ねた鼓動の意味も、たった今わかった。

(でも……水無瀬さんは本当にそれでいいのかな?)

水無瀬さんと一緒にいて、結婚をまったく意識しなかったと言えば嘘になる。

それはきっと、お見合いで出会ったから……というだけじゃなくて、彼という男性に少しずつ惹かれていたから。

反して、水無瀬さんはどうなんだろう。

私は、彼の元上司にあたる警視監の娘。

お見合いだって立場上断れずに受け、そのまま今日に至っただけかもしれない。

「もし、椛さんがもっと時間が欲しいというなら、この話はまた改めて――」

「っ……待ってください!」

思考はグルグルと巡って纏まらず、心の中には不安もある。

にもかかわらず、私は咄嗟に首を横に振っていた。

「あの……」

うるさかった心臓が、さらに大きく脈打つ。

緊張も困惑も不安もあるけれど、今ここで断ってしまったら後悔する気がしてたまらない。

昔から、慎重な性格だと思っていた。

厳格で過保護な父のもとで育ったため、門限やルールを破ったりするようなこともなく、平穏で平坦な道を歩んできた。

「私でよければ……このお話、お受けさせてください」

それなのに、今日の私はまるで自分が入れられていた厳重な箱を破るようにして、直感と今の気持ちだけで答えを出した。

直後、水無瀬さんの表情が緩む。

「よかった……」

緊張感の中に不安もあったのか、弧を描いた瞳には安堵の色が滲んでいた。

「嬉しいです。ありがとうございます」

「っ、いえ……私の方こそ……」

なんとも言えないくすぐったい雰囲気に包まれて、彼の顔を見られなくなる。

その瞬間、心に引っかかっていた不安は押しやられ、素直な喜びだけがしっかりと残った。

二　結婚に向けて

世間は、ゴールデンウィーク真っ只中。

今年は飛び石連休ということもあって、私は連休の合間に出勤しなくてはならず、カレンダー通りの勤務じゃない誠さんも同様だった。

そんな中、仕事終わりに彼と待ち合わせた居酒屋で、やることリストを広げた。

「先に両親への挨拶だろ。それと、両家の顔合わせや籍を入れるタイミング、結婚式の日取り……まだまだ決めることはたくさんあるな」

「そうですね。こうして見てみると、果てしない気がしてきます」

「でも、新居だけはもう決まってるし、そこはちょっと助かったよな」

彼が眉を下げながら笑い、私も似たような表情で頷く。

運がいいことに、早々に新居の目途がついた。

誠さんの真面目さを考えれば、一緒に住むのは両親への挨拶を済ませてからか、結婚と同時かと思っていた。

ところが、父の友人がおすすめの物件を紹介してくれ、それが立地や家賃などのどれを取っても好条件だったため、ほとんど即決に近い形で決まったのだ。

正直なところ、もう少しゆっくり考えたかった……という気持ちもある。

ただ、同じような好条件の家がそうそう見つかるとも考えられず、父にも強く勧められて決断した。

引っ越しは来週末。

残り一週間ほどしかない上、あまりにも急すぎて戸惑いもある。

けれど、私の場合は時間が経てば怖気づいてしまうだろうから、これでよかったのかもしれない。

妙子先生に話したとき、『ご縁ってそういうものだと思うわよ』と明るい笑顔を返されたのも前向きに考えるきっかけになった。

「慌ただしいけど、椛は荷造りは進んでる？」

「まだ全然です。水無瀬さん……じゃなくて、誠さんは？」

うっかり名字で呼んでしまった私に、誠さんがクスッと笑う。

彼からの提案でお互いを名前で呼ぶことにしたのは、まだ最近のこと。

慣れずに言い直しをしてばかりの私に反し、誠さんは最初からさらりと呼び捨てにしてきた。

しかも、私と違って、彼はもうすっかり慣れた様子でいる。

「俺はそんなに荷物が多くないし、どうにかなると思うよ。椛のことも手伝いたいんだが、今の仕事の状況ではどうしても難しくて……。本当にすまない」

「いえ、そんな……！　私は連休がありますし、自分でどうにかできます。もともとたいして予定も入れてませんでしたし、ちょうどよかったです」

ゴールデンウィークには母と旅行に行ったり友人と会ったりすることもあるけれど、今年はたまたま旅行の予定は入れていなかった。

友人とはランチに行く程度で、実家は近いから帰省という距離でもない。

それに、母が荷造りを手伝ってくれるつもりのようだし、1DKのアパートだからどうにかなるだろうとは思っている。

「そうか。ただ、できれば一緒に住む前に椛のご両親にだけは挨拶をしておきたかったんだが……」

「気にしないでください。父は誠さんが忙しいことはわかってますし、先に同居することにも前向きですから。それに……」

一瞬言葉に詰まったけれど、首を傾けた彼を前におずおずと続きを紡ぐ。

「父はこんなに早く結婚が決まったことをすごく喜んでるんです。『早く決まった分、挨拶や顔合わせは多少遅くなってもいいから』と」

「そう言ってもらえてるならよかった。九重警視監とは今はなかなか顔を合わせる機会がないから、気になってたんだ」

誠さんはそう言ったけれど、私たちがお互いの意思を確認し合ってすぐに父に報告してくれている。

電話ではあったものの、『礼儀ですから』ときちんと話してくれたのだ。

きっと、父は彼のそんなところも気に入っているんだと思う。

多忙でも、直接会う時間がなくても、決してそれらを言い訳にしない。

今できることをすぐに行動に移す姿勢から誠さんの真面目さや誠実さが伝わってきたし、当たり前のようにそんな風にしてくれることが嬉しかった。

同時に、彼への信頼度が増した。

父が信用している以上、誠さんは信頼できる人だとは思っている。

一方で、まったく不安がないわけじゃない。

だからこそ、彼の誠実さを知っていくたび、安心感が大きくなっていった。

「椛」

「はい」

不意に誠さんが真剣な面持ちになったものだから、ドキリとしてしまう。

緊張感が走って、なにを言われるのだろう……と自然と身構えていた。

「順序が少し違ってしまうかもしれないが、最初に言った通り俺は椛を大事にする」

ところが、彼が伝えてくれたのは、結婚について話してくれたときと同じこと。

改めて真っ直ぐな言葉を向けられると、なんだか心が落ち着かなくなって……。けれど、それ以上に嬉しかった。

「ただ、この先一緒にいると色々な不安や悩みが出てくるだろうし、椛の中では想像より早く物事が進んでいるんじゃないかとも思う。だから、なにか思うことがあればちゃんと話してほしい。俺も、椛が話しやすい環境を作れるように努力するから」

やっぱり真面目な人だな、と思う。

どこか硬い雰囲気も、真剣な声音も、誠さんの性格をよく表している気がする。

それでも、私を思いやってくれていることがわかるから、喜びと感謝しかない。

「ありがとうございます。私もちゃんと話し合える関係性でいたいと思ってるので、誠さんもなにかあれば言ってくださいね」

「ああ。ありがとう」

彼の表情が緩まり、緊張感が解けていく。

穏やかな雰囲気に包まれる中、胸の奥がほんの少しだけくすぐったかった。

＊　＊　＊

怒涛の引っ越し作業は無事に終わり、五月も終わる頃に同居が開始した。

お互いの職場の中間地点あたりにある、十三階建てのマンション。

築八年で、間取りは２ＬＤＫ。九階の南向きの角部屋だ。

誠さんは一日早く入居し、私は土曜日の今日、引っ越してきた。

彼が電気や水道関連の手続きを請け負ってくれたため、私は随分とラクをさせてもらった。

「とりあえず、最低限のルールを決めよう」

まだ段ボール箱が積み上がったリビングが見えるカウンターキッチンの一角で、誠さんがそんな風に切り出した。

「ルールですか？」

私は訊き返しながら、彼から受け取った食器を棚に入れる。

「ああ。家事分担とか人を招くタイミングとか……現段階で思いつくものだけでもある程度決めておいた方が、お互いにいいんじゃないかと思って」

確かに、その通りかもしれない。

私たちには、一緒に過ごした時間がまだほとんどない。

お互いの家事のやり方はもちろん、生活習慣や得手不得手も知らないのだ。

「そうですね。じゃあ、少しでも決めておきましょうか」

「ああ。まず、掃除はお互いの部屋は自分でするってことでいいか？」

「はい。その方が気を使わないと思いますし」

2LDKのマンションは、それぞれの自室がそのまま寝室になる。

誠さんの提案で、寝室は別ということになった。

夫婦になるのにそれでいいのか……と困惑した反面、彼とはまだキスどころか手も繋いでいないため、正直ホッとしている。

だって、一緒に寝るということは〝そういうこと〟もついてくるはず。

いい歳して恥ずかしいけれど、さすがにいきなり体の関係を持てるほどの勇気と大胆さはなかった。

「共有スペースは気づいた方が掃除をするとなると、たぶん椛の負担が大きくなると思うから、週替わりとかで交代にしないか」

なんだか学生時代の掃除当番を思い出し、笑ってしまいそうになる。

けれど、それは口にせずに「わかりました」と頷いた。

バスルームは先に入る方が担当し、キッチンの水回りは私が請け負う代わりに、ごみ捨てとバルコニーは彼が担ってくれることになった。

ロボット掃除機があるため、リビングと廊下はときどき窓や床を拭く程度でいいだろう。これは汚れに気づいたときにしようということに決まった。

交代でするのは、玄関、トイレと洗面台、そして細かいスペースなどだ。

「食事は……椛はいつも自炊してるんだよな？」

「だいたいは週末に作り置きをしておいて、平日はそれで賄う感じです。土日は友人と食べたり冷食やお惣菜で済ませたりもしますが、誠さんはどうしてますか？」

「俺は作ったり作らなかったり……まあ臨機応変だな。仕事の日は朝はトーストとかで簡単に済ませて、昼は基本的に警視庁内の食堂、夜は早く帰れたら作ってる」

「だったら、私が作りましょうか？」

「それだと椛の負担が大きいだろ。もちろん、ありがたいが……」

眉を下げた誠さんが、私の心配をしてくれているのがわかる。

ただ、料理は私にとって息抜きの一環でもあるため、苦にならない気がした。

「今まで通り作り置きを中心にして、それを出すって形にできれば負担はそんなに変わらないと思います。むしろ、ひとり分だと面倒だったり意外と割高だったりするので、ふたり分の方が作りやすいかもしれません」

「本当に？　いや、やっぱり無理をさせてしまうんじゃないか」

彼の眉間の皺がどんどん深くなっていき、こんなことで真剣に悩む姿がなんだか可愛く思えてくる。

「じゃあ、無理はしないと約束します」

誠さんに気を使わせないよう、笑みを浮かべた。

「ただ、誰かに食べてもらえる方が作り甲斐もありますし、一度やってみたいです。幼稚園の行事の前には作り置きをする気力がないときもありますし、作れないときは大目に見てくれますか？」

「それは当たり前だ。むしろ、俺もちゃんと作るよ。凝ったものは無理だが、自炊経験はそれなりに長いから簡単なものなら作れるし」

「ありがとうございます」

彼が瞳を緩めたあと、少し考え込むように黙った。

私はその様子を窺うようにしつつ、次の言葉を待つ。

「朝は俺が用意するよ」

「えっ？」

「急な残業のときや事件や災害が起きたら無理だが、基本的に非番でも朝は食べるからついでだし。まあ、トーストと目玉焼きくらいだが……。それでもいいか？」

「あ、はい。それはもちろん……。でも、いいんですか？」

「ああ、いいよ。むしろ、料理に関しては椛の方が負担が大きいから、朝や休みの日は俺が準備するよ。あと、コーヒーだけはおいしいものを淹れる自信がある」

聞けば、誠さんはコーヒーが好きで、豆にもこだわっているのだとか。

そういえば、彼の荷物の中には高級そうなコーヒーメーカーがあった。

とはいえ、甘えてもいいのか……と、戸惑ってしまう。

ただ、ここで私が首を縦に振らなければ、誠さんも私に頼りづらいに違いない。

そう思い至り、小さく頷いた。

「じゃあ、お言葉に甘えさせていただきます。でも、誠さんも無理はしないでくださいね」

「寝坊したときは大目に見てくれ」

冗談めかした言い方に、クスッと笑ってしまう。

「ある程度の気遣いは必要だが、お互いに無理はしすぎないように気をつけよう」

「はい」

その後、買い出しは臨機応変にすることや、友人を招く場合は予め相手の許可を取ることなどが決まった。

(なんだか仕事で役割分担をするときみたい。事務的っていうか……結婚前とは思えないなぁ。でも、誠さんはお互いのために色々考えてくれてるんだよね)

快適に過ごせるように、彼がこんな提案をしてくれたのだというのはわかる。

だからこそ、事務的に見える奥にある本質に目を向けなくてはいけないと思った。


同居が始まって一週間。

今のところ、驚くほど快適な日々を送っている。

よく気がついてくれる誠さんが、色々と率先してこなしてくれるからだろう。

分担制にした家事はもちろん、ウォーターサーバーの水の交換や各部屋のゴミを纏めるなど、いわゆる名もなき家事をいつの間にかしてくれている。

約束通り、朝食はきちんと用意されているし、コーヒーも本当においしい。

買い出しに行くときには、必要なものがないか必ず確認してくれる。

私が作った料理は『おいしい』と毎回喜んで完食し、片付けや洗い物は『椛は作ってくれたんだからゆっくりしてて』と言って担ってくれる。

てっきりもっと気疲れするかと思っていたのに、そんなこともない。

気遣いはお互いにしているけれど、この一週間は顔を合わせる時間が少なかったからか、私はそこまで気を使うタイミングもなかった。

もっとも、彼の方はどう思っているのかわからないけれど……。

（そもそも、恋人っぽいことはなにもないんだよね……。お見合いとはいえ、一応は結婚を前提に同居を始めたわけだし、キスくらいするのかと思ってたんだけど）

テレビに視線を遣りながらそんなことを考え、悶々としてしまう。

こうしてリビングのソファで肩を並べるのは何度目かわからないけれど、今日までまるで甘い雰囲気になる様子はない。

（誠さんはどう思ってるのかな……）

内心ソワソワしつつ隣に座る誠さんを見ると、その横顔には疲労感が覗いていた。

警察官、特にキャリアともなれば多忙なのは、よく知っている。

物心がついたときからずっと父がそうだったし、仕事を理由に学校行事に参加してくれたことは滅多になかった。

部署によってはカレンダー通りの勤務になる場合もあるらしいけれど、警察組織全体で見ればそちらの方が圧倒的に少ない。

誠さんは捜査二課だと聞いているし、父と同じく忙しいのだろう。

「そうだ、椛。明日から遅くなる日が増えるかもしれないから、夜の戸締まりに気をつけて」

「そうなんですか？」

「ああ。詳しくは言えないが、少し大きな事件に関わってるんだ」

彼の今の勤務時間は、八時半から十七時十五分。

いわゆる毎日制勤務と言われるもので、一週間のうち五日間が勤務日になる。

警視庁や警察署の捜査員には基本的に夜勤はないらしいけれど、当然ながら事件が起きればそうはいかない。

そして、私に詳細を言えないことも理解していた。

「はい。気をつけますね」

一人暮らしを三年ほど経験しているし、それでなくても幼い頃から父に口酸っぱく防犯について言い聞かせられてきた。

鍵やカーテンを閉め忘れたことはないし、きっと大丈夫なはず。

それでも、心配してくれている誠さんの優しさが嬉しかった。

同時に、家族以外にこんな風に心配してもらったのは初めてで、上手く言えないくすぐったさのようなものが胸の奥に芽生えていた。

「なにかあればすぐに連絡して。俺が対応できなければ、九重警視監に」

「大丈夫ですよ。でも、ありがとうございます」

「いや。じゃあ、そろそろ寝ようか」

「あ、はい」

今夜も、彼はとても紳士的だ。

キスどころか手に触れてくることもなく、隣同士の自室の前で「おやすみ」と笑みを向けてくる。

私は小さな不安を抱えながらも、笑顔で同じ言葉を返すことしかできなかった。

翌日の夜、仕事終わりに友人の大城佳奈《おおしろかな》と居酒屋に来ていた。

彼女はビール、私はグレープフルーツサワーで乾杯をする。

「ちょっと早いけど、結婚おめでとう！」

明るい声音に、苦笑を返してしまった。

「まだ籍も入れてないけど、ありがとう」

籍を入れる日は、六月上旬の一粒万倍日に決まった。

もうすぐとはいえ、お祝いしてもらうにはまだ少しだけ早い。

「まあいいじゃない。で、新婚生活はどう？」

グラスに口をつけた佳奈が、オレンジブラウンのショートカットの髪を耳にかけながら私を見てくる。

涼しげな二重瞼の目が、ワクワクしていると言わんばかりだ。

ＩＴ系企業でバリバリ働く彼女とは、高校で出会った。

当時からショートの髪がよく似合っていて、女子からもかっこいいと人気だった。

私たちは、趣味が合ったり性格が似ていたりするわけじゃない。

けれど、私は佳奈の気さくで気取らないところが好きで、一言で表すと〝ウマが合う〟という感じだ。

「だから、まだ新婚生活じゃないってば。でも、誠さんはすごく気遣ってくれるし、快適に過ごさせてもらってるよ」

「……そのわりには浮かない顔じゃない？」

「え？」

不満はないけれど、そんな風に言われてしまう心当たりならある。

だから、彼女の指摘にドキッとした。

「マリッジブルー？　話、聞くよ？」

佳奈が心配そうな顔をしている。

「ありがとう。実は、今日はちょっと相談に乗ってほしくて……」

私が素直に打ち明ければ、彼女は「うん」と優しい眼差しを返してくれた。

「その……結婚を前提に同居も始めたし、順調にいけばこのまま籍も入れると思うんだけどね。えっと……私たち、恋人っぽいことはなにもしてなくて……」

いい歳して、こんなことを相談するのは少しだけ恥ずかしかった。

ただ、佳奈は人の悩みを笑ったり適当に流したりしないと知っているからこそ、答えを縋ってしまう。

「いい大人が変……だよね？　普通じゃないっていうか……」

膝の上で握ったこぶしに力がこもり、気まずさに包まれた。

「うーん、でもお見合いだよね？　職場の先輩で結婚相談所で出会った相手と結婚した人がいるけど、確か『成婚退会するまでは相手とは体の関係は持ってはいけない』って言ってたし、お見合いだったらそういうこともあるんじゃない？」

「そうかな……」

「誠さんって真面目な人だって言ってたよね。だったら、ちゃんと籍を入れてからって考えてるのかもよ？　普通って人それぞれ違うし、誠さんなりになにか考えがあるんじゃない？」

彼女には、お見合いが決まったときからメッセージなどで状況を話していた。

誠さんの性格や、彼と会う日に着る服の相談にも乗ってくれた。

そして、最初は後ろ向きだった私が、誠さんとデートを重ねるごとに彼との時間を楽しみにするようになっていたことも知っている。

もちろん、誠さんと私の父の関係や、彼が父の部下だったことも……。

「でも、やっぱり不安で……。父の手前、お見合いを断れなかっただけで、結婚にも本当は乗り気じゃないのかなって……。上司だった人にお見合いを持ちかけられたら断りづらいよね？」

「そりゃあ、私も上司に勧められたお見合いは断れないかもだけど、無理だと思ったらさすがに結婚は断るよ。そもそも、うちみたいな企業なら上司の娘と結婚しても利点があるだろうけど、警察官ってそういうので出世できたりするの？」

どうなんだろう……と思って、小首を傾げてしまう。

「だって、国家公務員でしょ？　役所や政治家なら縁故とかありそうだけど、警察官ってそういうのはないイメージじゃない？　ドラマとかでなら観たことあるけどさぁ。現実的な感じがしないし、そもそも椛のお父さんに人事権とかあるの？」

「そういうのはないかも……」

父の仕事のことはわからないけれど、身内を贔屓するような性格じゃない。

ただ、そうは思っていても、不安は消えなかった。

「椛の不安の原因は、誠さんが椛と無理やり結婚するように見えるからってこと？」

「うん……。誠さんは優しいし、家事も率先してくれて、私のことを気遣ってくれるの。でも、それも私が元上司の娘だからなのかなって……」

誠さんに、こんな本音を口にしてもいいのかわからない。

ただ、幸せよりも不安の方が大きい今、このまま彼と結婚してしまっていいのかという悩みが消えなかった。

「結論から言えば、結婚する相手なんだからちゃんと相談すればいいんだよ。むしろ、不安や悩みを話し合えない相手なら結婚なんてやめておくべきでしょ」

そんな私に、厳しい答えが投げられる。

けれど、真っ当な意見に心底共感し、納得もできた。

「でも、お見合い結婚なんだから、お互いの気持ちは後からついてくる形でもいいんじゃないの？　どっちがいいかは椛の気持ち次第だと思うよ」

「そっか……。そう、だよね」

確かに、お見合いなら気持ちがすぐに伴わなくても当たり前だ。

誠さんにだって、自分のペースがあるだろう。

私の中にある感情がときめきで、彼に少しずつ惹かれていたとしても、まだ恋や愛だと断言できるものじゃないように……。

だったら、今はこれでいいのかもしれない。

佳奈の言葉でそう思えたことによって、少しだけ気がラクになった。

「ありがとう、佳奈。ちょっとすっきりした」

「どういたしまして。とりあえず、不安や悩みは早いうちに話し合った方がいいよ」

私が小さく頷くと、彼女が明るい笑顔を返してくれた。

三　不確かな幸せ

初夏の香りが色濃くなった、六月上旬。

予定通り、婚姻届を提出した。

といっても、当日はお互いに仕事だったため、帰りに待ち合わせて夜間窓口で受理してもらったのだけれど。

緊張していた両家の家族への挨拶も滞りなく終わり、水無瀬家の人たちは私を歓迎してくれた。

両家の顔合わせの日、父はずっと満足げにしていて、母も嬉しそうだった。

ただ、私の心の中で燻ぶったままの不安は、まだ誠さんに伝えられずにいる。

最初は、早めに相談するつもりだった。

佳奈に言われたことは至極真っ当な意見で、共感もできたから。

けれど、ストレートに『父の手前、断れなかっただけですか？』なんて尋ねたところで、彼に否定されるのは目に見えている。

そんな質問に対して肯定の答えを紡ぐような人なら、そもそも結婚なんてしなかっただろうから。

たとえ、誠さんが本心で『俺は本当に椛と結婚したいと思った』と言ってくれたとしても、私が素直に信じられないのなら疑念が生まれてしまうかもしれない。

なによりも、結婚までしておいて今さらこんなことを訊くのは間違っているんじゃないだろうか。

そんな風にグルグルと思考を巡らせているうちに、彼に素直に訊くことが正しいのかわからなくなってきたのだ。

今夜も湯船に浸かりながら考え込んでしまい、すっかり逆上せそうになった。

火照った体を手で扇ぎつつリビングに入ると、ダイニングチェアに座っていた誠さんが私を見た。

「椛、少しいいか？」

「あ、うん」

結婚と同時に敬語をやめるように言われた私は、まだぎこちない返事をする。

彼は水が注がれたグラスを私に差し出すと、どこか真剣な面持ちになった。

「ここに座って、ちょっとこれを見てほしいんだ」

私はお礼を言って受け取ったグラスに口をつけ、誠さんに言われた通りにテーブルに広げられていたノートパソコンを覗き込む。

ディスプレイには、ジュエリーブランドの公式サイトが表示されていた。

「婚約指輪と結婚指輪なんだが、椛の好きなブランドがあれば教えてほしい」

彼の話を聞くよりも先に予想していた通り、そろそろ指輪の購入も検討しようということみたい。

怒涛のスケジュールだったせいか、そういえば今まで話題にも上がらなかった。

「俺は特に希望はないし、こういうのは女性の方がこだわりもあるだろうから」

キラキラと輝くジュエリーの写真だけでも、なんだか目が眩みそう。

それくらい眩しくて、私は気後れしてしまった。

「えっと……ブランドは特に希望はないかな。ジュエリーには疎くて……」

仕事柄、普段はアクセサリーを身につけない。

休日に出掛けるタイミングでネックレスをつける程度の私には、煌びやかな指輪を見てもピンとこなかった。

「じゃあ、デザインはどうだ？」

相槌を打った誠さんが、私の本音を引き出すように丁寧に訊いてくれる。

「もちろん現物を見ないとわからないだろうし、実際に見て決めればいいんだが、なんとなくでもイメージがあるとブランドも選びやすいと思うんだ」

彼の言葉の端々に配慮が感じられて、それが嬉しかった。

確かに、ジュエリーブランドなんて数え切れないくらいある。

ネットでもすべてを見るのは無理だし、現段階で少しくらい方向性を決めた方がいいかもしれない。

「うーん……派手なものよりは、シンプルで落ち着いたデザインの方が好きかな。結婚指輪だと毎日つけるから、宝石もあまり大きくない方がいいかも」

「なるほど」

背後から手を伸ばしてきた誠さんが、キーパッドの上で指を滑らせる。

「っ……」

背中越しに彼との距離が近くなったのを感じ、反射的に息を呑んでしまった。

私の右側から伸びた右手が、パソコンを操作している。

ただそれだけのことなのに、誠さんの息遣いや存在が今までで一番近くて、鼓動が跳ね上がった。

「こういうのはどうだ？　このページは結構シンプルなのが多そうだな」

彼が話すと、吐息が髪にかかる。

私は息を押し殺すようにするだけで精一杯で、パソコンを見る余裕がなかった。

冷めつつあったお風呂上がりの熱が、今度は別の意味を持って蘇ってくる。

拍動はどんどん速くなり、気づけばバクバクと脈打っていた。

「椛？」

「っ……は、はいっ！」

肩をビクッと強張らせれば、誠さんが私の顔を覗き込んでくる。

「どうかしたか？」

その直後、自分の頬が熱いことに気づき、真っ赤になっているのがわかった。

私を見た彼の目が、わずかに見開く。

驚きや戸惑いが混じったような顔には、すぐに気まずさも表れた。

「あ、悪い……。近かったな」

「い、いえ……。そんなことは……」

夫婦になって、まだ三日。

その間、相変わらず一緒に過ごした時間は短い。

敬語は取れてもぎこちないままだし、こんな風に緊張すると元通りの話し方に戻ってしまう。

しかも、私にはまともな恋愛経験がない。

そんなわけで、些細なことで簡単に緊張してしまうのだ。

私がこうして内心でパニックになるたびに、誠さんも戸惑っているように見える。

もう結婚したのだから、いい加減にこんな状態でいるわけにはいかないとわかっているのに、心も体も思うようにはなってくれなかった。

「やっぱり、ネットよりも実物を見る方がいいよな。俺もいくつか候補を挙げておくから、椛も気になるブランドや指輪をピックアップしておいてくれるか？」

わずかに重くなった空気を変えるように穏やかに言った誠さんが、ジュエリーブランドのサイトを閉じる。

「うん」

私は、せめてこれ以上気まずくならないように微笑み、大きく頷いた。


数日後の土曜日。

たまたま休みが重なった誠さんと私は、予定通り結婚指輪を見に来た。

お互いに目ぼしいブランドを出し合った中から、ふたりともが特に気になったブランドを回っていく。

朝から家を出たけれど、ランチを挟んで三時間が経っても候補は出なかった。

「糀、疲れてない？　少し休もうか？」

「ううん、大丈夫だよ。誠さんこそ疲れたよね？　ジュエリーショップなんて、男の人にはつまらないんじゃ……」

「糀より体力はあるつもりだし、ふたりのことなんだからつまらないわけがない。納得できるものが見つかるまで店を回りたいと思ってるよ」

相変わらず優しい彼は、本当に嫌な顔ひとつしない。

むしろ、店内では私よりも真剣にショーケースを覗き込み、スタッフにも色々と質問していた。

家で指輪の相談をした日、あんな風に普段よりも距離が近づいただけで緊張と困惑でいっぱいになった私を見て、誠さんは呆れたと思った。

けれど、私の想像に反し、彼がふたりのために……と指輪について一生懸命考えてくれていたことが伝わってきて、心が温かくなる。

「でも、さすがにずっと動いてるし、次の店を回ったらコーヒーでも飲みに行こう」

「うん、そうだね」

次に行く予定のブランドは、ここから徒歩二分もかからない。

私が一番好みのデザインだと思った指輪があるから、少しだけ楽しみだ。

店内に入ると、スタッフに丁寧に出迎えられた。

誠さんが婚約指輪と結婚指輪を見に来たことを伝えると、私たちの好みや気になるデザインがあるかなどを確認した上で、複数の指輪を提示してくれた。

ショーケースの中のジュエリーを背景にするように、煌びやかな婚約指輪と結婚指輪が並ぶ光景が眩しい。

目がチカチカするほど輝く宝石を前に、素敵だと思う気持ちは確かにちゃんとあるのに、どれも選べない気がした。

「こちらのデザインは、シンプルなものを好まれる方に大変人気です。婚約指輪と結婚指輪がさりげなくお揃いのデザインになっているので、重ねづけするととても綺麗なんですよ。よろしければ、ご試着されませんか？」

真っ先に薦められたのは、私が一番気になっていたシリーズの指輪だった。

婚約指輪は、四本爪で固定された一粒ダイヤモンド。

プラチナが対角線のような緩やかなウェーブになっていて、シンプルでありながらラインとシルエットが美しい。

結婚指輪は、曲線を描くようなリングに小さなダイヤモンドが敷き詰められつつも、派手な雰囲気じゃない。

男性用はさりげないウェーブラインで、落ち着いた印象だった。

「椛、せっかくだから試しにつけさせてもらったら？」

「よろしければ、旦那様がつけてあげてください」

「え？」

スタッフの言葉に、自然と驚きの声が漏れた。

実は、今日回ったお店でも指輪の試着はさせてもらった。

けれど、そのときは自分でつけたため、どうすればいいのか戸惑ってしまう。

すると、私の代わりに誠さんが「そうですね」と頷いた。

「左手を出して」

「あ、はい……」

指輪を取った彼に言われるがまま、ためらいつつも左手を差し出す。

その手をそっと取られ、薬指にまばゆい光を放つ婚約指輪がはめられた。

同時に、鼓動が大きく跳ね上がる。

ただの試着で、それ以上のことはなにもない。

頭ではそう思うのに、誠さんの左手に優しく取られている手の感触にも、まるで結婚式の指輪の交換のような光景にも、胸の奥が勝手にドキドキと高鳴る。

緊張しているのは、きっと私だけ……。

それはわかっているけれど、彼の体温が伝わってくるだけで息が上手くできなくなりそうで、どうしたって速まった拍動は収まりそうになかった。

「落ち着いた雰囲気だし、椛は指が華奢だから指輪が映えるな」

「ええ、そうですね。よろしければ、結婚指輪も重ねづけしてみてください」

「ありがとうございます」

誠さんとスタッフだけで話が進み、彼が結婚指輪を手に取る。

そして、さきほどと同じように、私の左手の薬指につけてくれた。

幾重にも光を放つふたつの指輪が、薬指の上で輝いている。

「ああ、いいな。よく似合ってると思う」

けれど、私の目には彼の笑顔の方がずっと眩しく感じた。

「っ……！」

頬が熱くて、鼓動がうるさくて。なにか言わないといけないとわかっているのに、思考が上手く働かない。

優しい眼差しを向けられるだけで、心臓が止まるんじゃないかと思った。

「どう？　もしかしてあまり好みじゃないか？　だったら、他のものも――」

「い、いえ……！　すごく好きです……」

短くしか答えられなかったけれど、本音だった。

事前にネットで見たときと同じように、可愛くて素敵だと思っている。

「でも、誠さんの意見も……」

「俺は本当にこだわりはないから、椛が気に入ったものにしよう」

誠さんは優しいから、きっと自分の好みよりも私の気持ちを大事にしてくれる。

嬉しい反面、少しでもいいから彼の本心が知りたかった。

「よろしければ、旦那様にもつけてあげてください」

そんな私たちのやり取りを見ていたスタッフが、助け船を出すように微笑んだ。

今度は私が誠さんに指輪をつけてあげるんだ、と瞬時に察する。

戸惑いつつもそれを手に取ると、自分がつけてもらったときよりもさらに大きな緊張感に包まれた。

「じゃあ、つけますね」

「ああ」

瞳を緩めた彼の手と私の手の位置が、自然と変わる。

私は息を小さく吐き、節くれだった左手の薬指に指輪をゆっくりとはめた。

シンプルなデザインの指輪は、男性らしい誠さんの手の上で控えめに輝き、静かに存在を主張している。

とてもさりげなく感じて、彼によく似合っていた。

「自分じゃよくわからないな」

「あの……いいと思う。すごく似合ってるんじゃないかな……」

敬語にならないように意識して、ぎこちないなりに意見を述べてみる。

「そう？　それなら、これで検討しようか」

「では、宝石や刻印などについてあちらでご説明させていただきますので、ご案内いたしますね」

店内の奥に促され、ガラステーブルの前に置かれた椅子に誠さんと腰掛ける。

「少々お待ちください」

スタッフが離れた直後、彼が「椛」と声を潜めた。

「もし好みじゃなかったり、もっと他のものも見たりしたければ、遠慮なく言って。スタッフに言いづらいなら、俺から話すから」

「ありがとう。でも、大丈夫だよ。今日はたくさん指輪を見て回ったけど、ネットで見たときからあの指輪が一番気になってたし、今も一番いいなって思ったのは本当だから。ただ……」

「ん？」

「誠さんは本当にいいの？」

彼に倣って潜めていた声を、さらに小さくする。

直後、柔らかい笑みを返された。

「ああ。俺もシンプルなデザインの方がいいし、宝石やアクセサリーの類には詳しくないなりに今まで見た中で一番いいなと思ったよ」

「よかった」

ホッとしたあとで、すぐにハッとして間髪を容れずに続ける。

「あ、でも、やっぱり婚約指輪はいらないかなって思ってるの」

「どうして？」

「えっと……私たちはもう籍を入れたからあまりつけるタイミングもないだろうし、なによりもすごく高価なものだし……。結婚指輪だけでも充分かなって」

怪訝そうにしつつも、誠さんはいつも通り私の話に耳を傾けてくれる。

「だから、結婚指輪だけにしない？」

おかげで、私は自分の気持ちをきちんと伝えられた。

「そうだな……」

ひとりごちるように零した彼が、眉をわずかに下げる。

その表情は、どこか寂しげに見えた。

「椛が嫌だって言うなら、婚約指輪はなしにしてもいい」

声音にも寂しさのようなものが覗いている気がして、私の言い方が悪かったのかもしれない……と心に不安が走る。

「でも、俺は椛に贈りたいと思ってる。だから、もし椛が嫌じゃないなら、婚約指輪を贈らせてくれないか？」

そんな私の右手を取った誠さんが、そっと包み込むようにして握ってきた。

決して押しつけがましくない言い方は、私の気持ちを尊重しつつ自分の意見も伝えてくれている。

嬉しくて、けれど申し訳なさもあって、すぐには頷けなかった。

「椛は高価なものだと言ったが、一生の誓いとして贈るんだから、俺はもっと高くてもいいと思ってる。だから、遠慮はしないでほしい」

戸惑う私が悩んでいる理由を見越すように、彼が柔和な眼差しで見つめてくる。

喜びがさらに大きくなって、幸福感にも包まれる。

頭では遠慮するべきだと思うのに、首を横に振れなかった。

「じゃあ、ひとまず今日は結婚指輪のことだけ決めよう。だが、俺の気持ちはさっき話した通りだから、前向きに考えてほしい」

すると、私を困らせないためか、誠さんが折衷案を出して引いてくれた。

「うん。よく考えてみるね」

今ここで、頷いてしまえばよかったのかもしれない。

けれど、彼が父のことを考えてくれた上でこんなことにまで気を使ってくれていたら……と思うと、簡単に答えを決めていいとは思えなかった。

(少なくとも、即決できるような金額のものじゃないわけだし……)

うだうだと悩む私にも、やっぱり彼は嫌な顔ひとつしない。

不謹慎かもしれないけれど、そのことに密かに安堵していた。

結婚指輪は、ただ既製品を購入するだけというわけじゃない。

それを知ったのは、あのあと私たちのところに戻ってきたスタッフの説明を聞いたときだった。

ダイヤモンドのサイズ、刻印、指輪の裏側につける宝石。

指輪のサイズの調整はもちろん、色々なことを選ばなければいけない。

結局、すべてを決めてお店を出る頃には、入店してから二時間ほど経っていた。

誠さんが腕時計を確認し、「今からお茶をするには少し遅いか」と呟いた。

「そうだね」

私は相槌を打ちつつ、どうしようか相談しようとしたとき。

「もみじせんせー！」

唐突に背後から腰のあたりに抱きつかれ、「きゃっ！」と声を上げてしまった。

「健太《けんた》くん……！」

驚きながら振り返った私は、視線を下げた先にいた男の子を見て目を丸くする。

男児は、私のクラスの健太くんだった。

「えへへ～！　びっくりした？」

「うん、すごくびっくりしちゃった」

悪戯が成功した顔になった健太くんの後ろから、健太くんの父親が走ってくる。

「こら、健太！　急に走ったらダメだろ！　すみません、椛先生。健太、先生を見つけた途端に僕の手を離して走り出してしまって……」

「いいえ。こんにちは」

健太くんの父親は、私の隣にいる誠さんに視線を遣り、続けてすぐ傍のジュエリーブランドを見た。

「今、ここから出てこられました……よね？」

「え？　あ、はい……」

いつもの私なら、健太くんに勝手に走り出したことを注意していたと思う。

けれど、今の私の思考を占領しているのは、どう説明しよう……ということだけ。

結婚したことは幼稚園には報告済みで、同僚も知っている。

ただ、保護者にはまだ話していない。

よつば幼稚園は、産休や育休を取るときを除いて、こういったことを保護者に報告するかどうかは個々で決められる。

私はいずれ報告するべきだと思いつつも、しばらくは伝えないつもりだった。

そういった事情から、どう説明するべきかすぐに判断できなかったのだ。

「そちらの方は椛先生の恋人ですか？」

「あっ、えっと……」

言い淀んだ私の代わりに、誠さんが「こんにちは」と会釈をする。

「水無瀬と申します」

「あ、森脇《もりわき》です。息子が椛先生にお世話になってまして……」

「そうですか」

未だに私にしがみついたままの健太くんは、大人たちの微妙な雰囲気を察してか、不思議そうにしている。

「ああ、すみません。プライベートなことですから答えづらいですよね」

健太くんの父親も健太くんの様子に気づいたようで、気まずい空気を吹き飛ばすように明るく笑った。

「じゃあ、僕たちはこれで。健太、行こう。おばあちゃんたちが待ってるから」

「うん。もみじせんせい、ばいばーい！」

「ばいばい。また幼稚園でね」

両手を振る健太くんを見送りながら、誠さんと一緒にいたことがすぐに保護者の噂になるんだろうな……と予想できてしまい、急に気が重くなった。

別に悪いことはしていないものの、保護者の噂というのはとても厄介だ。

今はメッセージアプリなどですぐに話が回ってしまうし、尾ひれがたくさんつくことも少なくはない。

それが原因で悩んだり退職したりする同業者もいるため、急に不安になった。

「椛、大丈夫か？」

ぼんやりとしていた私は、誠さんに顔を覗き込まれてハッとする。

直後には、彼への申し訳なさが芽生えた。

「ごめんなさい……。ちゃんと紹介するべきだったよね」

「気にしなくていい。保護者にまだ報告してないのは知ってるから」

誠さんは笑っているけれど、その瞳が少しだけ寂しそうに見えた。

もしかして彼を傷つけたかもしれないと感じ、後悔が芽生える。

だから、せめてきちんと理由を言っておきたかった。

「隠そうと思ってるわけじゃないの。でも、噂の的になりたくないっていうか……まだ結婚して間もないし、時期を見てサラッと報告しようと思ってて……」

「わかってる。だから、そんな顔しなくていい」

せっかく結婚指輪を買いに来たのに、暗い雰囲気で終わりたくない。

そう思って、どうにか笑みを繕った。

「ありがとう」

誠さんは小さく頷くと、空気を変えるように「腹減ったな」と苦笑した。

「どこかで食べて帰ろうか？　なにか食べたいものはある？」

「誠さんは外食がいい？」

「いや、そういうわけじゃないが」

「それなら、簡単に作るか、テイクアウトはどうかな？　今日は朝から歩き回ってるし、早く帰ってゆっくりしない？」

「確かにその方がいいな。適当になにか買って帰ろう」

彼に促され、ふたり肩を並べて帰路に就く。

（これでよかったのかな……）

不安と申し訳なさが消えないのは、自分の言動に後悔しているせいだろうか。

今日一日、誠さんとずっと一緒にいて、ぎこちないなりに少しだけ距離が縮まった気がしていたのに……。すぐ隣にいる彼のことが、今はどこか遠くに感じる。

ジュエリーショップにいたときに抱いた喜びも幸福感も、まるで不確かな存在のように上手く思い出せなくなっていた。

四　ぎこちない関係と夫婦の証

十日ほど経った頃、結婚指輪が完成したという連絡が誠さんに入った。

その翌日である今日、仕事終わりに待ち合わせてふたりでお店に向かった。

彼がたまたま早く帰れる日だったため、私も業務を調整して仕事を切り上げたこともあって、閉店時間まではまだ余裕がある。

この間と同じスタッフに出迎えられ、お店の奥で丁重にもてなされた。

結婚指輪の裏には、お互いのイニシャルと結婚記念日を刻印してもらった。

私の指輪には、表だけじゃなくて裏にもダイヤモンドが埋め込まれている。

これは誠さんの提案で、私は一度は断りながらも結局は頷いた。

「では、お包みしてまいりますので、少々お待ちくださいませ」

ふたりで声を揃えて返事をし、出されたコーヒーを飲みながら一息つく。

「椛」

不意に彼が真剣な顔をしたかと思うと、意を決したように口を開いた。

「やっぱり婚約指輪も贈らせてほしい」

「え？」

「椛がまだ悩んでるのはわかってるが、けじめというか……俺なりに椛を守っていく誓いとして贈りたいんだ」

真摯な瞳と言葉に、胸の奥がキュンと高鳴る。

本当は、断ろうと考え始めていた。

気持ちは嬉しいけれど、こんなことまで甘えるべきじゃない気がしたから。

父の手前、結婚に踏み切ってくれたのだとしたら、必要以上の負担をかけたくないとも思っていた。

「どうだろう？」

けれど、真っ直ぐに私を見つめてくれる双眸が、自分の意見を提示ながらもあくまで押しつけようとはしない優しさが、とても嬉しい。

まだ戸惑いはあるのに、私は小さく頷いた。

「はい……。お言葉に甘えてもいいなら……」

その瞬間、誠さんの表情がパッと明るくなった。

「よかった」

彼は緊張していたのか、眉間に皺が寄っていたのに……。急にホッとしたように頬を綻ばせた姿がなんだか可愛くて、胸がきゅうっと締めつけられた。

「断られたら凹むところだった」

誠さんらしくない冗談に、思わずクスッと笑ってしまう。

「ありがとう」

心が和んだのと同時に喜びと幸福感に包まれて、素直にお礼を口にしていた。

「あ、いや……」

突然、彼が表情を引き締める。

強張った顔つきを前に、なにか気に障ることを言ってしまったのかもしれない……と不安に包まれていると、誠さんはハッとしたように眉を下げて微笑んだ。

「ああ、違うんだ。その……もうすぐスタッフが戻ってくるから、締まりのない顔をしてるわけにはいかないと思って……」

照れたように俯いた彼が、やっぱり可愛く見えてしまう。

「大丈夫だよ。締まりのない顔なんてしてないから」

ふふっと笑ってしまった私に、気まずそうな苦笑いが返される。

なんだか全身がくすぐったいような感じがして、けれど温かい気持ちにもなった。

婚約指輪もその場で購入することになったため、帰宅が遅くなってしまった。

前回と同じようにダイヤモンドのサイズや刻印について決めていくうちに申し訳なさは消え、喜びがいっそう強くなっていた。

「椛、ちょっといいか」

「どうしたの？」

先に夕食を済ませたあと、誠さんにソファに促される。

彼と並んで座れば、真剣な面持ちを向けられた。

「けじめってわけじゃないんだが、指輪をつけておかないか」

「え？」

「結婚式はいつになるかわからないし、俺は今からつけておきたいと思ってるんだ。だが、椛の気持ちも聞かせてほしい」

今すぐに指輪をつけるなんて考えていなかったから、誠さんの提案に驚いた。

てっきり、結婚式の指輪の交換を機につけるのだと思っていたから。

ただ、式は挙げる予定ではあるものの、まだ日程も式場も決まっていない。

彼の言う通り、結婚式に合わせるのならいつになるかわからないだろう。

それに、本当は私も完成した指輪を見たときから早くつけたいと思っていた。

だから、反対する理由なんてなかった。

「私もそれがいいと思う」

直後、誠さんの瞳が弧を描く。

彼は、綺麗に梱包されたリボンを解いて箱を開けると、片方の指輪を手に取って私を真っ直ぐ見つめた。

私は小さく頷いて、おずおずと左手を差し出す。

ゆっくりと、まるで壊れ物を扱うように大切にはめられた指輪が、私の薬指の上で柔らかな光を放った。

「椛もつけて」

「うん」

私のものよりも大きなサイズの指輪を手にし、差し出された左手を取る。

ごつごつとした手にそれをはめると、お揃いの指輪がお互いの左手の薬指で静かに輝いた。

「なんだか照れくさいな」

ドキドキする鼓動を隠すように俯き、「うん……」と頷く。

くすぐったいような、甘酸っぱいような。上手く表現できない空気に包まれ、誠さんの目を真っ直ぐに見られない。

それでも、視界に映るふたつの指輪が幸せを感じさせてくれた。

＊＊＊

暦は七月。

すっかり真夏日の気温が続き、毎日暑いなんてものじゃない。

今日も日中は園庭で遊べず、外に出られたのは午前中のわずかな時間だけだった。

園児たちが降園したあとの会議では、真っ先にその件が議題に上がった。

「毎年のことだけど、外に出られない時期は困るわね」

「そうですね。室内で遊ぶのも限界がありますし、子どもたちもストレスが溜まってる様子ですし。そのせいか、些細なトラブルが増えがちになってます」

妙子先生にそう返せば、同僚たちも相槌を打っている。

ここ数年の猛暑対策として、夏は一定の気温を超えている日はエアコンの効いた教室で過ごすことが決まっている。

ただ、遊びたい盛りの元気いっぱいの子どもたちにとっては体力を発散する場がなく、物足りなさを感じさせてしまう。

それがストレスとなり、園児同士のトラブルが増えやすいのだ。

今日は私のクラスでも小さな喧嘩が複数回起こり、他のクラスでもそれぞれ何度も揉め事があったようだった。

もちろん、そうならないように幼稚園側でも色々と対策は考えている。

まずはプール。

園庭の隅にあるプールは十帖分ほどの広さがあり、そこで遊べるときにはほとんどの園児たちが一番喜ぶ。

水深が浅いから水遊び程度だけれど、プールの日は体力を消耗してストレス発散にもなるようで、お昼寝のときにはみんなぐっすり眠ってくれる。

とはいえ、これも気温によっては開放できない。

しかも、プールに入るには担任以外に補助の先生がふたりは必要になるため、全クラスで割り振ると週二回が限度だ。

他にも、アコーディオンドアで仕切られているふたつ分の教室を使って学年ごとに集まり、ハンカチ落としやお遊戯をしたり、全身を動かす体操をしたり。

とにかく体力を使うことを中心にしているけれど、やっぱり外で全力で走り回ったり遊具で遊んだりする方がいいのは明白だった。

「今年も猛暑だっていうし、今から憂鬱ね。夏休みはあるけど、その前後だって四〇度近い日はあるだろうし。園長ともなにか対策を考えてるんだけど……」

妙子先生は、常日頃から現場目線で様々な提案をし、子どもたちが過ごしやすい環境を作ることに尽力している。

ただ、予算や人員の関係上、どうしても上手くいかないこともある。

教諭側としては全力を尽くしたいと思う反面、なかなか実現しないのだ。

「せめてもう少し人員を増やせれば、できることも増えるんだけどね。でも、それは一番現実的じゃないし、またなにか考えてみるわ」

その後も、夏休みに入ってすぐに行う夏祭りの準備の状況などを報告し合い、終業時刻を少し過ぎてから仕事が終わった。


(遅くなっちゃった……)

誠さんとの待ち合わせ場所に着くと、約束の時間から十五分が過ぎていた。

「椛」

「誠さん、遅れてごめんなさい……!」

最寄駅から走ってきた私は、肩で息をしながらハンカチで額の汗を拭く。

「いや、いいよ。もしかして本当は早く帰れない日だった？」

心配そうな顔をした彼に首を横に振るけれど、まだしっかり話すだけの余裕が戻ってこない。

「俺が今日にしようって言ったから、無理させてしまったんじゃないか？」

結婚指輪が完成してから、約二週間。

ようやく一昨日に婚約指輪が出来上がったという連絡を受け、直近でふたりの都合が合う日が今日だったのだ。

ここを逃せば来週末になるため、相談した上で今夜取りに行くことに決めた。

ところが、運が悪いことに明日の会議が今日に変わったのだ。

「ううん、違うの。急に会議をすることになって、それが長引いただけで……」

「そうだったのか」

「ごめんね。もっと余裕を持って着けるはずだったんだけど」

会議の日程が変更になったのは、今朝早くに園長先生の身内に不幸があり、明日が葬儀になってしまったから。

結局、園長先生は途中で会議を抜けてお通夜に行ったけれど、それでも園長先生が不在になる明日よりも今日……ということになったのは仕方がなかった。

「それに、もっと早くに連絡できなくてごめんなさい。今日はトラブルも多くて、スマホを触れるタイミングがなくて……」

基本的に、仕事中は個人のスマホは触れない。

だから、園児たちの降園後、隙を見て誠さんにメッセージを送るつもりだった。

それなのに、今日はそんな暇もなく会議が始まり、結果的に仕事を終えてからしか連絡ができなかった。

「気にしなくていい。仕事なら仕方ないし、まだギリギリ間に合いそうだから。もし今日が無理なら、来週末に仕切り直そう」

優しく微笑んだ誠さんにお礼を言い、急ぎ足でお店に向かう。

到着したのは閉店二十分前だったけれど、担当スタッフは快く出迎えてくれた。

前回と同じように指輪をふたりで確認し、ラッピングしてもらう間に出されたアイスコーヒーに口をつける。

カラカラに渇いていた喉が潤い、ようやくゆっくりと呼吸ができた。

そんな私の隣で、誠さんは腕時計を何度も確認している。

彼らしくなく、どこかソワソワした様子なのが気になった。

「誠さん。さっきから時間を気にしてるみたいだけど、なにか用事でもあるの？」

私を見た誠さんは、程なくしてどこか諦めたように息を小さく吐いた。

「実は、このあとレストランを予約してるんだ」

「えっ？　そうなの？」

驚く私に、彼が小さく頷く。

事前に、誠さんから『晩ご飯はどこかで食べて帰ろう』とは言われていたけれど、居酒屋やカジュアルなイタリアンのようなお店だと思っていた。

けれど、彼の表情から察するに、きちんとしたレストランを予約してくれているのだろう。

「本当はサプライズで連れて行きたかったんだけど、このままだとちょっと間に合いそうにないから、少し遅れるって電話を入れようかと悩んでたところだ」

誠さんは「もうサプライズじゃなくなってしまったし店に連絡してくるよ」と言い置き、少し離れた場所で電話をかけ始めた。

微かに聞こえてくる話し声は申し訳なさそうで、何度か謝罪を口にしている。

私の仕事が終わるのが遅くなったばかりに、せっかく素敵な計画を立ててくれていた彼に余計な手間と迷惑をかけてしまった。

あまりにも申し訳なくて、ため息が零れる。

誠さんとスタッフが戻ってきたのはほとんど同時で、私たちは指輪を受け取ってすぐにレストランに急いだ。


レストランに着くと、ウェイターが満面の笑みで出迎えてくれた。

さきほどまでいたジュエリーショップから、徒歩五分。

表参道の一等地にあるここは、流行に疎い私でも名前を聞いたことがあるくらいの有名店だ。

店内にはクラシックピアノが置かれ、奏者が演奏している。

確か、一日の客数を制限していて、土日は二か月先まで予約が取れないのだとか。

今日は平日とはいえ、指輪の受け取りに合わせて予約を入れてくれたのなら、一昨日か昨日に電話でもしたということ。

三つ揃えのスーツ姿の誠さんは、精悍でこの場に馴染んでいる。

そんな彼に反して、私はシンプルなロングワンピースにパンプスという格好だ。

グレージュのワンピースは袖に透け感があって落ち着いた雰囲気だけれど、もう少しシックな装いの方がよかったんじゃないかと小さな不安に包まれた。

よつば幼稚園は私服で勤務するため、普段は動きやすさを重視した服装を選んでいる。

そして、ほとんどの教諭はそのままの格好で通勤もしている。

さすがに今日は着替えを持って行っていたものの、どうせならもっと綺麗めなワンピースにしておけばよかった……と思わずにはいられなかった。

「あの……このお店って、すごく有名だよね？」

「そうみたいだな。たまたまキャンセルがあったらしくて予約が取れたんだ」

聞くところによると、誠さんは昨日何軒かのレストランに電話をかけてくれた。

けれど、前日に予約が取れる有名店はなかなか見つからず、そんな中で唯一このお店だけキャンセルが出た関係で予約できたのだという。

「でも、上手くサプライズできなくて悪い……。せっかくだから今夜こうしてふたりで食事ができたらいいかと思ったんだが、ちっとも締まらないよな」

「そんなことないよ！　誠さんの気持ちも、忙しいのにお店を探してくれたのも、すごく嬉しいよ。それなのに、私が待ち合わせに遅れたせいで、予約時間に合わなかったりお店に謝罪させてしまったりして、本当にごめんね……」

「謝らなくていい。仕事だったんだし、椛は悪くない。それに、俺が都合がつかないことの方が多いだろうし、糀が嫌な思いをすることもあるだろうから」

彼の仕事柄、それは仕方がないことだ。

現場に急行しなければいけないこともあるし、事件は待ってはくれない。

「それはよくわかってるつもりだよ。だから、誠さんの仕事を理由に私が嫌な思いをすることなんて、きっとないと思う」

まがりなりにも、私は警察官の娘。

しかも、父もキャリア組で、今は警視監という立場である。

そんな父のもとで育ったため、行事に来られなかったり早く帰宅すると約束してくれた誕生日に現場に急行することになったり……というのは経験済みだ。

そこまでは話さなかったけれど、誠さんは察してくれたようだった。

彼とシャンパンで乾杯をしたあとは、創作フレンチのコース料理を楽しんだ。

前菜からメインに至るまで目にも鮮やかな上にとてもおいしく、それでいて日本人の舌によく馴染むような味付けでもある。

特に、かつお出汁が利いたとうもろこしのポタージュが絶品だった。

デセールにはマンゴーとメロン、そして柑橘のムースが出され、フルーツが大好きな私は舌鼓を打った。

「どれもすごくおいしかったね」

「ああ。そういえば、椛はマンゴーやメロンが好きなのか？」

いつだったか、会話の流れでフルーツが好きだというのは話したことがあった。

「うん、フルーツなら結構なんでも好きだよ。でも、急にどうしたの？」

「前に好物だと聞いたことはあったが、さっき嬉しそうにマンゴーとメロンを食べてたから、もしかしてフルーツの中でも特に好きなのかと思ったんだ」

「そんなに嬉しそうだったかな？」

なんだか気恥ずかしくなった私に、誠さんがふっと瞳を緩める。

「俺にはそう見えたよ」

彼の予想通り、フルーツの中でも大好物なのがマンゴーとメロンだ。

滅多に食べる機会がなく、今日は久しぶりに口にできたこともあって、密かにテンションが上がった。

けれど、それを誠さんに見透かされていたのだと思うと、頬が熱くなる。

子どもっぽいと思われたかもしれない……と、不安になったとき。

「じゃあ、今度仕事の帰りに買ってくるよ」

優しい双眸に見つめられて、思わず目を小さく見開いてしまった。

そのあとで、慌てて首を横に振る。

「そんなのいいよ。安いものじゃないし……」

「遠慮しなくていい。それくらい買う甲斐性はある」

「あっ、そういう意味じゃ……！」

「わかってるよ」

優しく笑った彼につられて、私まで笑みを零してしまう。

クラシックピアノの演奏が流れる店内の一角で、くすぐったさに包まれた。

程なくして、誠さんの眼差しに真剣さが宿る。

突然のことに反射的に身構えると、彼はさきほど受け取ったばかりの指輪の箱を取り出し、それを開けた。

「最初に言った通り、俺はあまり話すのが得意な方じゃない。だが、椛が不安や不満を抱かない環境を作れるよう、ちゃんと話し合える夫婦でいたいと思ってる」

「うん」

「ときにはぶつかることもあるかもしれないが、椛がさっきみたいにできるだけたくさん笑ってくれるように努力もする。それから、約束した通り全力で守っていく」

「誠さん……」

「だから、改めて伝えさせてほしい」

真っ直ぐな言葉に、胸の奥が高鳴る。

お見合い結婚で、誠さんは私の父のことがあるから断れなかっただけかもしれないとわかっているのに……。

「俺と結婚してくれてありがとう。そして、ずっと一緒にいてください」

私の心も瞳も、彼の二度目のプロポーズと真剣な表情に捉われていた。

「……はい。私の方こそ、結婚してくれてありがとうございます。改めて、末永くよろしくお願いします」

安堵交じりに瞳をたわませた彼が、私の左手の薬指にあった結婚指輪に重ねるように婚約指輪をつけてくれる。

ふたつの指輪にはまだ違和感があって慣れないけれど、夫婦として一歩を踏み出したばかりの私たちのようにも思えた――。

帰宅後、自室に戻った私は、ベッドに入った。

洗い立ての髪からトリートメントの香りがふわりと舞い、ホッと息をつく。

ぼんやりと天井を見つめたあとで、ふと左手を顔の前で掲げた。

「綺麗だな」

眩しいくらいのダイヤモンドが、静かにそっと輝いている。

たとえ形だけのものだとしても、誠さんからもらった婚約指輪と夫婦の証である結婚指輪が重なっていることが嬉しい。

（でも、こんなに色々してもらっていいのかな……）

さきほど彼がくれた言葉を思い出すだけで、胸がきゅうっと苦しくなる。

誠さんへの気持ちが少しずつ変わっていっていることは、さすがに自覚している。

出会った頃のようなぎこちなさを残しながらも彼との距離は縮まっていき、自然と笑えることがさらに増えた。

一緒にいても、嫌な気分になったり幻滅したりすることもない。

むしろ、今のところ好感度は上がっていくばかりで、ドキドキした回数なんてもう数え切れない。

けれど、恋なのか……と言われれば、正直よくわからなかった。

（だって、まともな恋愛なんてしたことがないし……。学生時代に気になる人がいたこともあったけど、今みたいな感覚とは全然違ったし……）

一方で、心の中で呟いた言葉がどこか言い訳じみているのはわかっていた。

最近の私は、誠さんのことばかり考えている。

彼の本心がわからないことがもどかしくて、知りたいと思うのに……。未だに訊く勇気はないまま、心の中でグルグルと悩んでばかり。

そんな中で、日々感じるささやかな幸福感に満たされたり、甘くて切ないような感覚にも包まれたりと、とにかく感情が忙しなく動いているのだ。

「誠さんはもう寝たかな……」

ぽつりと零れた声が、ひとりぼっちの部屋に落ちていく。

ひとつ屋根の下にいるのに、誠さんの本音を知らないせいか、彼が遠いところにいる気がしてくる。

それが切なくて、なんだか寂しくて……。胸の奥が微かに締めつけられた。

二章　お見合い結婚ですが、恋をしました

一　純粋な本心

七月も中旬に入る頃。

朝から降り続けていた雨は次第に強まり、夜には大雨になった。

すさまじい雨音と雷が響く中、私はベッドに入ってもなかなか寝付けずにいた。

（よく降るなぁ）

今日はプールが中止になり、一日中室内で過ごすことになったからか、園児同士の些細なトラブルが多かった。

園児たちの降園時には、保護者に今日の状況をできる限り報告する。

特にトラブルの当事者の場合、バス通園の園児の保護者には連絡帳や電話で、園までお迎えに来る園児の保護者には必ず直接伝えることになっている。

今日は、そういった電話での対応がいつにも増して多く、そのせいで事務作業がまったく進まなかったため、心身ともに疲労感が大きい。

にもかかわらず、ベッドに入って一時間が経つというのに、目が冴えていた。

(水でも飲みに行こうかな……)

喉が渇いたわけでもないけれど、気怠い体を起こして自室を出る。

キッチンのウォーターサーバーで水を入れようとしたとき、誠さんの部屋のドアが開いた音がした。

「ごめんね、起こしちゃった?」

「いや、俺もまだ起きてたから。それより、眠れないのか?」

「あ、うん。今日は忙しかったし、早く寝ようと思ってたんだけど……」

スマホをほとんど触らないようにして早々にベッドに入ったのに、あまり意味がなかったかもしれない。

こんなことなら、買ったばかりの雑誌でも読めばよかった。

「雷が苦手なんだよな?」

「え?」

「九重警視監からそう聞いていたんだが……」

「えっと……それっていつの話?」

小首を傾げれば、彼が苦笑いを零した。

「杞憂だったか」

確かに、小学生までは雷が怖くてたまらず、よく母のベッドに潜り込んでいた。

雷鳴も、暗い空がピカッと光る瞬間も、苦手だった。

今も決して平気とは言えないけれど、家の中にいれば怖くはない。

一人暮らしをしていた頃だって、停電したとき以外は普通に過ごしていた。

「小学生まではすごく苦手だったよ。こんな夜はひとりで眠れなかったし、トイレにも行けなかったなぁ」

懐かしさを感じた私に、誠さんが「そうか」と頷く。

その眼差しには安堵感が覗き、私を心配してくれていたことが伝わってきた。

「眠れないなら、水より白湯かホットミルクの方がいい」

彼は「ホットミルクでいいか？」と確認すると、マグカップをふたつ取った。

「あ、私が……」

「いいから、椛はソファに座ってて」

笑顔で制されてしまい、ここは甘えさせてもらう。

ソファに腰掛けると、閉めたカーテンの隙間から夜空が光るのが見えた。

数秒後、雷鳴が轟く。

思っていたよりも大きな音に、反射的に肩がびくりと跳ねてしまった。

「大丈夫か？」

「あ、うん」

振り向くと、誠さんがすぐ傍にいた。

彼が両手に持っていたマグカップのうちの片方を差し出され、私はそれを受け取って「ありがとう」と告げる。

ほかほかと漂う湯気に乗って、ほんのりと甘い匂いがした。

「レンジで作っただけの、簡単なホットミルクだけどな」

そっと啜るように飲んでみると、優しい甘さが舌の上で広がっていく。

「おいしい。これ、はちみつ？」

「ああ。学生時代に食堂のおばさんが教えてくれたんだ。ホットミルクには砂糖よりもはちみつがいい、って」

「そうなんだ」

なにげなく零された誠さんの思い出話に、ほっこりする。

コーヒーが好きな彼がホットミルクを飲んでいるのもなんだか可愛くて、そんなことにも癒された。

「ねぇ、その頃の誠さんってどんな感じだった？」

「どんなって？」

「うーん……髪型とか趣味とか？　警察学校だと色々な規定があるんだっけ？」

「まあ、あるにはあるが、髪型も今と同じような感じだよ。見た目はさすがに老けたけどな。趣味や食の好みは特に変わってないと思う」

「そうなんだ。写真とか見てみたいな」

「見せるのはいいが、そんなにおもしろいものでもないよ」

「でも、見てみたい」

「昔の写真は実家に置いてあるんだ。あ、そういえば最近同期が送ってくれた写真があったな。たぶん警察大学校の課程を修了した頃のものだったと思う」

誠さんは、スウェットのポケットから取り出したスマホを操作し始めた。

警察大学校とは、警察上級幹部に必要な知識や技能などを学ぶ場だ。

ただ、父いわく『大学とはいっても実際には研修施設になり、課程を修了しても学士の学位は得られない』のだとか。

だから、彼もあえて『卒業』ではなく『課程を修了した』と言ったんだろう。

「ああ、これだ」

そんなことを考えていると、誠さんの横顔がわずかに綻んだ。

スマホを差し出され、ワクワクしながら受け取る。

そこには、少しぎこちなく笑う誠さんと満面の笑みの男性が写るプリントアウトした写真を、スマホで撮ったであろうものが表示されていた。

ふたりとも警察官の制服姿で、まだどこか初々しい。

桜葉が描かれた黒金色のボタンが縦に三つ並んだ、濃紺色のジャケット。

胸元には、金色のバッジが輝いている。

肩には、ジャケットと同じ色の布地のエンブレムがついていて、金色の枠の下の部分には同色の桜で囲まれた旭日章《きょくじつしょう》が施されていた。

濃紺の制帽には金色のラインが二本、中央には同色の旭日章がついている。

ジャケットと制帽にあるそれは、昇る朝日と日差しをかたどった紋章だ。

日本の警察のシンボルで、日章や朝日影とも呼ばれる。

(かっこいい……)

思わず声に出しそうになって、グッとこらえる。

警察官の制服は、誰もがそれなりに見慣れているだろう。

街を歩けば交番があり、お巡りさんやパトカーだってよく見かける。

幼稚園や小学校では、警察官がやってくる交通安全教室だってあった。

それに加え、私は幼い頃に警視庁が一般向けに行っている見学会に参加したことがあるし、なによりも実家には制服姿の父の写真が何枚もある。

つまり、私にとっては警察官の制服は珍しいものじゃない。

にもかかわらず、誠さんのスマホから目が離せず、食い入るように見つめていた。

「椛、もういいか?」

「え?」

「そんなに見られると、さすがにちょっと恥ずかしいから」

「あっ、ごめんね……!」

気まずそうに微笑んだ彼に、慌ててスマホを返す。

本当はもう少しだけ見ていたかったけれど、さすがにそんなことは言えなかった。

「今度は椛の写真も見せてくれ。高校や中学の卒アルとか」

「えぇ……それはちょっと恥ずかしいよ」

「俺だって恥ずかしかったんだ。フェアじゃないだろ」

冗談めかした言い方だったけれど、照れくさくなる気持ちはわかる。

「じゃあ、誠さんのも見せて? お互いに見せ合いっこしない?」

だから、交換条件とばかりにそんな提案をした。

「見せ合いっこ？」

きょとんとされて、園児に向けたように話してしまったことに気づく。

ずっと気をつけていたのに、今夜はやけにリラックスしていたせいかもしれない。

「今のは子どもたちと話すときに使う言葉で……。ときどきこういう癖が出るの。普段は気をつけてるんだけど、特に母と話してるときにはよくあって……」

言い訳を紡げば、誠さんが穏やかな笑みを浮かべる。

「いいな。可愛い」

「えっ……」

「あっ……いや……」

目を見開いた私に、彼が急にバツが悪そうに視線を逸らす。

明るかった空気は一気にぎこちなくなり、途端に沈黙に包まれた。

いつの間にか雷はやんでいて、それが余計に静けさを強調するようでもある。

「そろそろ寝ようか。お互いに明日も早いし」

「そ、そうだね」

平静を装いたいのに、誠さんの顔を見られない。

彼と「おやすみ」と言い合って自室に戻ったとき、ドキドキしていることに気づいて……。それはベッドに入っても収まらず、さきほどよりも目が冴えてしまった。

＊　＊　＊

夏休みが数日後に迫った、ある日の午前中。

プールが終わって全員の着替えを済ませた頃、男児と女児が手を繋いで私のところに来た。

「ねぇ、せんせい。ぼくたちのけっこんしき、きてくれる？」

「わたしたち、けっこんするんだもんね～」

母親同士が幼なじみのふたりは、家族ぐるみで仲がよく、物心がついたときにはすでに『けっこんする』と言い合っていたと聞いている。

幼稚園でも一緒にいることが多く、ふたりの『けっこんする』は全教諭にも周知されているくらい有名な話だ。

「先生も招待してくれるの？」

「うん！　ぼくたち、もみじせんせいがだいすきだもん！」

明るい声に微笑ましくなって、ふふっと笑ってしまう。

「じゃあ、絶対に行くね」

「やくそくだよ！　わたしのドレス、ぜったいにおひめさまみたいにするの」

「うん。きっと、すごく似合うよ」

嬉しそうにする女児を見ていると、男児が私をじっと見つめてきた。

「せんせいはすきなひといる？」

「えっ？　えーっと……」

言い淀んでしまったのは、誠さんの顔が浮かんだから。

けれど、彼は夫であっても好きな人と言えるのかはわからない。

「先生が好きなのは、よつば幼稚園のみんなだよ」

戸惑い塗れの心を隠してにっこりと笑うと、ふたりは頬を綻ばせて手を繋いだまま他の園児のもとに走っていった。

直後、背後から太ももあたりをトントンと叩かれた。

視線を下げた先にいたのは健太くんで、「どうしたの？」と尋ねながらしゃがむ。

すると、健太くんが内緒話をするように私の耳に顔を近づけた。

「もみじせんせいのすきなひとは、このあいだいっしょにいたおにいさんでしょ？」

「えっ!?」

動揺してしまった私の頬が、一気に熱くなる。

「えっと……この間のお兄さんは、そういうのじゃないっていうか……」

「そういうのってなに？」

純粋な目を向けられて、たじろいでしまう。

「パパにきいてもね、ちゃんとおしえてくれないんだ。『もみじせんせいがおにいさんといたことは、みんなにはないしょだよ』っていうの」

再び耳打ちをしてきた健太くんの話で、ハッとする。

あのあと、幸いにも保護者の間で噂が回っている様子はなかった。そして、園児たちにも。

保護者はもちろん、園児たちは素直になんでも話してしまうことが多いため、もう隠せないと思っていたのに……。健太くんの父親は、きっと健太くんに口止めしてくれていたんだろう。

それを守ってくれる健太くんにも、健太くんの父親の配慮にも、感謝が芽生えた。

「健太くん、もうみんな並んでるわよ」

そこへやってきた妙子先生が、健太くんを優しく促す。

教室に戻るために整列し始めているクラスメイトを見て、健太くんは慌てて列に加わりに行った。

「糀先生。なにを話してたのか知らないけど、頬が赤いよ。っていうか、完全に旦那さんのことを考えてたのが顔に出てるわね」

「えっ？　す、すみません……」

「仕事が終わったあとならいくらでも聞くけど？」

「い、いえ！」

彼女はからかうように笑うと、「早く教室に戻りましょ」と肩を竦めた。

私はコクコクと頷き、急いで子どもたちの列の先頭に行った。


そのあとも、ふとした瞬間に誠さんのことを考えてしまっていた。

仕事中にもかかわらず、気づけば彼の言葉や微笑みが脳裏に過る。

もちろん、園児たちからは決して目を離さないようにしているけれど、今までにないくらいに心が落ち着かなかった。

「――そして、タヌキのポンタくんはこれからも宝物を大切にしようと、ママとお約束したのでした」

ようやく平静を取り戻せてきたのは、午後になって絵本の読み聞かせを始めた頃。

きっと、絵本を読むのに集中していたからに違いない。

子どもたちはとても純粋で、好奇心が強く、集中力もある。

絵本の読み聞かせひとつを取っても、こちらがしっかり感情を込めて読んでいないと飽きられてしまいやすい。

おかげで、幼稚園教諭や保育士の演技力はなかなかのものだと思う。

「じゃあ、みんなの宝物を先生に教えてくれる？」

手を挙げてくれた子から、ひとりずつ訊いていく。

一番はおもちゃが多く、絵本という答えもあった。

次いで多かったのが、ママやパパや兄弟といった家族のこと。

子どもらしい可愛さや純真さに心が癒され、始終笑みが絶えなかった。

「もみじせんせいのたからものはなぁに？」

全員の答えを聞き終わったあと、ひとりの園児がそんなことを口にした。

「えっ？」

質問に込められていたのは、純粋な感情に違いない。

それをわかっていたのに、一瞬だけ戸惑ってしまう。

同時に、私の脳裏に過ったのは——誠さんの笑顔だった。

彼の柔和な表情を思い出して、鼓動が小さく跳ねた。

（ああ、そっか……）

誠さんは容姿端麗だし、いつだって紳士的だ。

仕事に邁進していて、恐らく出世街道を驀進中。

性格も真面目で誠実な上、優しく穏やかで頼り甲斐もある。

いわゆる〝スパダリ〟なんだろう。

そんな彼に抱いている気持ちの中には、打算のようなものもあるんじゃないか……なんて考えてしまうこともあった。

決して外見だけにときめくわけじゃない。

ただ、もし誠さんのように接してくれる男性がいたらその人にも同じような感情を抱いてしまうのでは……と何度か頭に過った。

そんな日々を送ってきたけれど、今はっきりとわかった。

私は、誠さんが好きなんだ……と。

自分の気持ちが恋じゃないかと、少し前から薄々感じていた。

反して、まともに恋愛をしたことがないからこそ、これが純粋な恋心なのかわからないのも本音だった。

けれど、今なら勘違いじゃないと言い切れる。

子どもの言葉ひとつでたどりついた答えが、私の純粋な本心だと確信が持てた。

まるで、あんなに自分の気持ちがわからなかったのが嘘のように……。

「先生の宝物は、よつば幼稚園のみんなと……家族だよ」

名前は出せなかったけれど、今の私の家族は両親じゃなくて誠さんだ。

これは、私だけが知っている答え。

もっと言えば、彼に話すときが来るのかはわからない。

それでも、恋心をしっかりと自覚してしまった以上、自分の中だけでもごまかしていたくはなかった。

嬉しそうな園児たちの前で、私の鼓動はどんどん速まっていく。

今はただ、この感情を大事にしたいと思った。


ところが、そのままお昼寝の時間になって教室内が静まり返ると、急に不安が込み上げてきた。

(誠さんには恋愛感情なんてないだろうから、この先はつらくなっちゃうかもしれないな……。お見合いって、そういうものかもしれないけど……）

相変わらず、誠さんの本心は訊けていない。

お見合いを断れなかったとしても、結婚は彼の意思だったのかもしれないと思う。

その反面、未だにキスもしていないことが誠さんの答えのようにも感じていた。

（誠さんは、キスとか必要ないって思ってるのかな……。私はそういうことに慣れてないけど、誠さんはきっと色々な経験をしてきたよね）

硬派な彼が、遊びで女性と付き合うところは想像できない。

きっと、過去の恋愛相手はみんな本気で好きになった人で、優しく大事にしていたんだろう。

お見合い結婚の私にすら、あれだけ気遣ってくれるのだから……。

（いいな……。誠さんに愛されてきた人たちが羨ましい……）

切なさとともに、醜い感情が芽生え出す。

慌てて首を横に振って雑念を飛ばそうとしたけれど、心にはモヤモヤとしたものが残ってしまった。

仕事中は指輪を外しているせいか、無防備な薬指が寂しそうに見えた――。

二　大失敗

七月中旬、幼稚園が夏休みに入った。

教諭たちは交代で出勤しなくてはいけないけれど、園内にいても子どもたちのはしゃぎ声が聞こえることはなく、いつもの雰囲気と全然違う。

まるで、降園後のように静かなのだ。

「今日は夏祭りの準備の追い込みね。昨日までにもうほとんど終わってるけど、念入りに確認しながらやっていきましょう」

妙子先生の言葉に、年少組の先生と私が頷く。

日直は交代制で、だいたいが三人ずつ配置されている。

半日で帰れることや夕方までいなければならない日など様々だけれど、今日は十二時半までの勤務だ。

普段は電話番や雑務が中心で、合間を見て各クラスの二学期の準備も行う。

ときには全員の出勤日もあり、その日は会議をすることになっていた。

夏休み期間中でイレギュラーなものは、夏祭り以外だとプール開放くらい。

これは七月と八月に一回ずつ行われ、参加希望者は一学期の終業式までに出席表を提出することと保護者による送迎が必須条件になっている。

今日のメインとなる業務は、今週末にある夏祭りの最終チェックを兼ねた準備だ。とはいえ、一学期の降園後に毎日少しずつ準備をしてきていたし、夏休みに入ってからも日直の先生たちが作業をしてくれているため、ほとんどすることはない。

模擬店で出すのは簡単な食べ物ばかりだし、役員である保護者も手伝ってくれることもあって、今日は機材など並べるくらいで終わるだろう。

飲食店は、フランクフルトに綿菓子、冷やしうどんだけ。

あまり手間がかからないものになっていて、飲食関係は保護者が担当する。

教諭は、わなげやスーパーボールすくい、一円玉落としなどを中心に、教室でも遊べるイベントを担当することになっていた。

あとは、ささやかながら盆踊りをしたり、手持ち花火をしたり。

他にも、子どもたちの絵や普段の様子を撮影した写真を閲覧できる教室もある。

園児のための夏祭りだけれど、保護者にも少しでも楽しんでもらえるように新たな試みとして考えたのだ。

ちなみに、発案者は私だけれど、具体的な企画は妙子先生が出してくれた。

「教室はこれで大丈夫そうね」

「はい。保護者のみなさんに喜んでもらえるといいですね」

「そうね。特にバス通園の園児の保護者は幼稚園での様子を見る機会が少ないから、きっと嬉しいと思うわよ」

折り紙やカラフルな画用紙で飾りつけをした教室には、子どもたちの絵や写真が壁一面に貼られている。

写真は、園長先生と妙子先生が少しずつ撮り溜めてくれたものだ。

どの写真の子どもたちも、明るい表情を弾けさせていた。

親として、こんな風に笑う子どもを見れば安心できるに違いない。

「そういえば、ふたりは再来週のセミナーは受ける?」

妙子先生からの質問に、私はすかさず「はい」と答える。

「テーマに興味がありますし、日程も大丈夫なので」

「私はまだ悩んでます。でも、気になるテーマですし、行きたい気持ちはあります」

再来週のセミナーは、東京都が実施するもの。

公的機関が行う研修やセミナーの中には必ず参加しないといけないものもあるけれど、今回は強制的なものじゃなく、不参加でも構わない。

ただ、私は『発達障害の保育と保護者との関わり方』というテーマに興味を持ち、このセミナーの案内を見たときから参加したいと思っていた。

「そうなんだ。今回は私も行こうと思ってるから、現地で落ち合わない？　夏祭りの日に他の先生にも訊いて、一緒に座れるようにした方がいいわね」

年少組の先生と私が「はい」と声を揃えると、そのまま園庭に向かった。

炎天下の中、テントをふたつ張り、職員室に戻ってアイスコーヒーで一息ついたあと、残りの業務にも取りかかった――。


その週末、予定通り夏祭りが開催された。

心配していた天気は、曇りの予報を覆す晴天だった。

開始は十六時半、終了は十九時半だけれど、十八時を過ぎた今も気温は高い。

夏祭りならではの熱気もあいまっているのかもしれない。

教諭側からは、水分補給や開放している教室での休憩を何度も促すようにした。

子どもたちはみんな楽しそうで、いつも以上にたくさんの笑顔が見られた。

きっと、保護者と一緒に過ごせることが嬉しいのだろう。

そして、普段はバス通園の保護者からは特によく声をかけられた。

その際、教室の写真について喜ばれたり褒められたりすることが多かった。

事前の準備はもちろん、今日も朝から様々な対応に追われているけれど、子どもたちと保護者の明るい表情を見られただけで、頑張ってよかったと思える。

そうして順調に盆踊りが終わったあとは、手持ち花火が始まった。

保護者にきちんと見守ってもらいながら火を点けていくと、園庭には子どもたちの笑い声が響き渡った。

「あの……椛先生」

花火が終わったあと、健太くんの父親に声をかけられた。

健太くんはバスを利用していないけれど、最近は祖父母に送迎してもらっている。

彼と会うのはあの日以来で、少しだけ気まずさもあった。

けれど、それは顔に出さないように笑みを返す。

「健太くんのお父さん。お祭り、楽しんでいただけましたか？」

「はい。健太も僕も楽しませていただきました。絵や写真も見られてよかったです」

「そう言っていただけて嬉しいです。健太くんもずっと笑顔でしたもんね」

「ええ。……あの、ちょっといいですか？」

「はい。どうかされましたか？」

「健太のことで少し困ってることがあるので、ご相談に乗ってほしいんですが……」

「それはもちろん構いませんが……健太くん、どうかしましたか?」

健太くんは少し離れた場所で、他の園児たちと楽しそうにしている。

「あ、はい……。でも、ここではちょっと……」

神妙な面持ちの健太くんの父親は、なんだか疲れているようにも見える。

どちらにしても今日は話を聞く時間はないため、私は「次の出勤日はどうでしょうか?」と提案し、彼にはその日にひとりで幼稚園に来てもらうことになった。


帰宅早々、ソファにダイブする。

「つっかれた〜」

二十一時を過ぎたひとりきりのリビングに、ため息交じりの声が響いた。

ずっと気を張っていたけれど、ようやくホッと息をつく。

あのあと、夏祭りの参加者たちを順番に見送り、役員の保護者と連携してできる限りの片付けを済ませた。

今日できなかった分は、週明け以降の日直で分担することになっている。

準備よりも片付けの方が大変なのは毎年のことで、来週の業務を考えれば気が重くなったけれど、園児たちの笑顔を思い出せば心が温かくなる。

今日まで毎日バタバタと慌ただしかったものの、夏祭りは大成功と言えるだろう。

(そういえば、誠さんはまだ帰ってないんだ)

スマホを確認すると、【遅くなる】とだけメッセージが届いていた。

たったそれだけで胸が弾み、頬が緩んでしまう。

返事をしても今は読んでもらえないかもしれないため、ひとまずキッチンに行く。

料理をするのは億劫だけれど、ろくに食べていないからお腹はペコペコだ。

(でも、作り置きは残ってないんだよね……。先週と今週は終業式と夏祭りの準備でヘトヘトで、あんまり作れなかったし)

空腹と面倒くささに挟まれ、どうしようかと考えながら冷蔵庫を開ける。

すると、そこには早朝に家を出た私が見たときにはなかった器が入っていた。

器にかけられたラップには、メモが貼りつけてある。

【お疲れ様　ありもので悪い】

一見すると、ぶっきらぼうで。けれど、綺麗な文字からは思いやりが溢れている。

器の中身は、冷やし中華だった。

ハムときゅうり、トマトに錦糸卵、カニカマと小エビまで載っている。

千切りにされた具材が綺麗に飾られ、タレの入った器まで隣に置かれていた。

誠さんが仕事に行く前に作ってくれたんだろう。

もしかしたら、自分が食べるついでだったのかもしれない。

それでも、食材が少ない冷蔵庫と今週はずっと余裕がなかった私を思いやってくれたのはわかる。

なによりも、たとえついででも私のために用意してくれていたことが嬉しかった。

すぐにお礼だけは伝えたくなって、ダイニングテーブルに冷やし中華を運んでスマホを手に取る。

急いでメッセージを打っていたとき、ふとなにかを忘れている気がした。

（えっと……日誌は書いてきたし、来週の業務も引き継いだよね？　でも、なんだか違和感があるというか……）

仕事のことを順番に考えていったあとで、カレンダーに視線を遣る。

「あっ！　嘘……今日って……」

そこでハッとし、直後に焦りとともに心臓が縮こまったようにドキッとした。

今日は七月二十日。

誠さんの三十七歳の誕生日だ。

身上書でも確認し、一緒に書いた婚姻届も見ていたため、それは間違いない。

ところが、私は夫婦で迎える初めての夫の誕生日を、すっかり忘れてしまっていたのだ。

ここ最近は、終業式や夏祭りの準備に追われて残業が続き、正直に言うと家事もままならないほどだった。

帰宅後は早々にベッドに入るような生活を送り、多忙な彼との会話も減っていた。

けれど、誕生日自体は直前まで覚えていたはずだったのに……。

（どうしよう……！　こんなの最低だよ……）

誠さんは残業なのか、まだ帰ってくる様子はない。

半ばパニックになりながらも、急いでバースデーメッセージを送った。

【お誕生日おめでとう　お祝いを伝えるのが遅くなってごめんなさい】

可愛い絵文字とスタンプも送ったけれど、自身の不甲斐なさに落ち込まずにはいられない。

彼が作ってくれていた冷やし中華を見ていると、いっそう泣きたくなった。

しばらくして、せっかく用意してくれたのだから……と夕食に手をつけ始めても、上手く喉を通らない。

冷たくて喉越しのいい冷やし中華は、疲れ切っている上に空腹だった私に最適のはずなのに、もそもそと食べながら心が沈んでいった。

（誠さんが帰ってきたら真っ先に謝らなきゃ。でも、きっとがっかりされちゃったよね……。こんなの、妻としてあるまじき行為じゃない……）

食後の片付けやお風呂を済ませても、誠さんが帰ってくる気配はない。

メッセージにも既読はついていなくて、今の私にできるのはただ待つことだけ。

大成功した夏祭りの余韻も思い出せないほどの大失敗に、私は自分自身に呆れながら深いため息をついた。

玄関の方で聞こえた小さな物音に、ハッとして目を開ける。

寝ぼけ眼で時計を見ると、朝の五時前。

いつの間にか、私はソファで寝落ちしてしまっていたみたい。

慌てて起き上がったとき、物音を立てないように配慮した様子の誠さんがリビングに入ってきた。

「えっ、椛？　こんな時間にどうした？」

「ごめんなさい！」

意表を突かれたような彼に勢いよく頭を下げれば、早朝の空気を割るように私の声が響いた。

「昨日は誠さんの誕生日だったのに、私……自分のことで精一杯で、すっかり忘れて……！　夫婦なのに最低だよね……」

一息に話しながら涙が込み上げてきて、顔を上げられなくなる。

「それで、ここで待ってたのか」

誠さんは私の行動を読むように言い、傍に歩いてきた。

「椛、顔を上げて」

優しい声音につられるように、涙をグッとこらえる。

私が泣いてしまったら、きっと彼を困らせるから。

一拍置いて深呼吸をしたあとで、そろりと視線を上げた。

すると、目の前にいる誠さんは、いつも通りの柔和な面持ちをしていた。

「そんなこと気にしなくていい」

「でも……」

罪悪感でいっぱいの私に、彼が眉を下げて笑う。

「もう三十七だぞ？　誕生日は毎年だいたい仕事だし、俺自身も忘れてたときだってある。ここ数年は、母さんからのメッセージで誕生日だったことを思い出すくらいだし、俺は自分の誕生日にそこまで思い入れがあるわけでもないから」

肩を竦めた誠さんは、きっと私を慰めてくれているだけ。

私だって年齢を追うごとに誕生日を素直に喜べない自分がいるけれど、それでも友人や家族、同僚に祝ってもらえるのは嬉しい。

だからこそ、婚姻関係がある私が彼の誕生日を忘れていたなんて、この先ずっと引きずりそうなほどショックだった。

「正直に言うと、椛が忘れてくれててよかったよ」

「え……？」

それがどういう意味かわからず、けれどいい意味だとも思えなくて戸惑う。

（誕生日は一緒に過ごしたくなかった……とか）

忘れていたくせに、身勝手かもしれない。

ただ、そんな風に思われているのだとしたら、もっと胸が苦しくなりそうだった。

「昨日はどうしても帰れなかったんだ。だから、もし椛と待ち合わせてたり家でご馳走を用意してくれてたりしても、椛をひとりで待たせることになっただろ？　その方が俺は嫌だったから」

妻としてダメダメな私にも、誠さんは優しい。

むしろ、優しすぎて困る。

怒って責めてくれた方がまだよかったかもしれない……なんて思うほど、彼の温かさが痛かった。

「あの……リベンジさせてくれないかな？」

そんな誠さんだからこそ、私も真っ直ぐに感謝を返したい。

「今さらだけど、やっぱりちゃんとお祝いしたいの。ダメかな……？」

「そんなことはないが……本当に気にしなくてもいい」

「ううん、そういうことじゃないの！　私がどうしてもお祝いしたくて……」

ただの自己満足かもしれない。

けれど、今の私にとって、彼はお見合いで結婚した夫だけじゃなく、好きな人でもある。

だから、心を込めてお祝いがしたかった。

「わかった。じゃあ、椛の気持ちに甘えさせてもらう」

頷いてくれた誠さんを見て、満面に笑みが広がっていく。

「えっと、なにかリクエストはある？　行きたい場所とか、食べたいものや欲しいものがあれば、なんでも言って」

「そうだな……」

少し考えるように黙った彼が、すぐにふっと瞳を緩める。

「俺は椛と過ごせるだけで嬉しいから、プランは任せるよ」

「っ……」

真っ直ぐな笑みを向けられて、鼓動が跳ね上がる。

甘く締めつけられた胸の奥から、誠さんへの想いが溢れ出してしまいそうだった。

「じゃ、じゃあ……なにか考えておくね」

「ああ。楽しみにしてる」

ちょうどふたりとも休みの明日にお祝いすることが決まり、あとで早速プランを考えようと決める。

彼は「シャワーを浴びてくる」と言い置き、微笑を残してリビングを後にした。

三　お祝いデート

翌日も、絵に描いたような晴天だった。

たった一日、しかも急なことだったからたいしたプランは練られなかったけれど、ひとまず気合いを入れて身支度を整える。

トップスは、クリーム色のノースリーブのサマーニット。

Aラインの膝下丈のスカートには、夏らしく白地にブルーの小花が描かれている。

左肩から上腕にある小さな傷を隠すようにホワイト系のカーディガンを羽織り、同系色のハンドバッグと合わせた。

靴は、ヒールが高めのアンクルストラップサンダルにしようと思っている。

リビングに行くと、準備を整えた誠さんが待ってくれていた。

「お待たせ」

笑顔の私に、彼が一瞬だけ目を見開く。

「……どうかした？」

「夏っぽくていいなと思って。よく似合ってる」

優しい眼差しに胸の奥が高鳴って、頬に熱が集まってくる。

「あ、ありがとう……」

それをごまかすようにお礼を紡いだ声は、油断すれば震えてしまいそうだった。

「えっと、行こっか。とりあえず電車で移動するね」

まずは、最寄駅に向かう。

そして、電車で都内にある『グラツィオーゾホテル』のラウンジに繰り出した。

ちょうど、国内の有名なバリスタとコラボしているのだという。

その人が淹れるコーヒーが飲めると知り、朝食は絶対にここにしようと決めた。

私たちはウェイターの説明を参考に、深煎りのコーヒーが飲めるモーニングセットを選んだ。

「うまいな」

早速コーヒーに口をつけた誠さんは、感嘆交じりに言いながらカップの中を見た。

「うん、おいしいね。私でも香りが違うのがわかるよ」

正直に言えば、私は紅茶の方が好きだった。

けれど、彼がおいしいコーヒーを淹れてくれるおかげで、結婚してからはそのよさが少しずつわかってきて、最近はコーヒーをよく飲んでいる。

豆や飲み方にこだわりはないし、詳しくもないのだけれど。

「こんなにうまいコーヒー、久しぶりに飲んだよ。俺はインスタントも飲むけど、家でこういうコーヒーが飲める生活にはちょっと憧れるな」

楽しそうな誠さんを見て、ホッとする。

ひとまず、第一関門突破……というところだ。

「私が上手に淹れられればいいんだけど、誠さんが淹れてくれるコーヒーの方が絶対においしいから」

「そう言ってくれると嬉しい。でも、俺は椛が淹れてくれる紅茶も好きだ」

「本当？」

「ああ」

迷わずに頷いてくれた彼に、思わず笑みが零れる。

実は、私は紅茶はティーポットで淹れるのが好きで、茶葉は必ず数種類ストックしている。

冬にはシナモンや生姜を入れたり、夏には水出しをしたり……と、自分なりの楽しみやこだわりもある。

紅茶専門店や紅茶に特化したカフェにも、定期的に足を運んでいた。

誠さんはこれまであまり紅茶は飲んでこなかったみたいだけれど、私が彼の分も用意してみたところ、意外にもハマってくれたみたい。

最近は水出し紅茶のおいしさも知ってくれ、お風呂上がりなんかに飲んでいる。

紅茶を飲むようになった誠さんと、コーヒーのよさを知った私。

こんなことでも、結婚したんだというのを実感している。

「今度、椛のおすすめのカフェにも行ってみたい。今まではコーヒーしか飲んでこなかったから、カフェの紅茶も気になってるんだ」

「じゃあ、いくつか教えるね」

「ああ。一緒に行こう」

その言葉に驚いたのは、私はただ教えるだけのつもりだったから。

反して、彼は私と一緒に行くことを想像してくれていた。

それが嬉しくて、胸の奥がくすぐったくなる。

私が満面の笑みで頷くと、柔らかい微笑が返ってきた。

モーニングを済ませたあとは、街に繰り出した。

会計の際には一悶着あったけれど、どうにか私が財布を出すことに成功した。

今日は誠さんのお祝いなのだから、彼に支払ってもらうわけにはいかない。出会ってからずっと財布を出させてもらえなかったけれど、誕生日という大義名分がある今は『今日は絶対に全部出させてね！』と強く言っておいた。

「プレゼントなんだけど、もしよかったらランニングシューズとかどうかな？」

「気持ちは嬉しいが、いいよ。こうして一緒にいられるだけで充分だから」

瞳を緩められて、うっ……と言葉に詰まる。

今日はいつにも増して誠さんの笑顔が眩しく見えて、少しだけ困った。

だいたい、彼は話すのが得意じゃないと言っていたはず。

それなのに、出会ってからずっと嬉しい言葉ばかりくれている。

さすがにリップサービスだとわかっていても、恋心を自覚した今の私の心臓にはダメージが大きかった。

「ダメだよ」

けれど、好きになった……なんて言えないから、必死に平静を装う。

誠さんが私に恋愛感情がない以上、私の気持ちを知られたら困らせるに違いない。

さらには気まずくもなるだろう。

せっかく少しずつ距離が近づいているのに、彼と壁ができてしまうのが怖かった。

「誠さんの誕生日のお祝いなんだから、絶対にプレゼントさせてね。ランニングシューズがいらないなら、他のものでも全然いいからリクエストしてほしい」

絶対に譲る気のない私に、誠さんが苦笑を零す。

程なくして、「わかった」と頷いてくれた。

「今日は甘えさせてもらう。実は、ちょうど新しいランニングシューズが欲しいと思ってたんだ」

「うん！　じゃあ、『KSS《ケーエスエス》』はどうかな？　誠さん、ランニングシューズだけじゃなくてスニーカーもKSSのものを使ってるでしょ？」

KSSとは、『キミシマグループ』が展開しているスポーツブランドだ。

彼のスニーカーやランニングシューズのほとんどが、このブランドのものだというのはリサーチ済み。

品質がよく実用的でもあることから、第一候補にしていた。

「よく知ってるな」

「一緒に住んでると、こういうことも自然と知っていくよね」

同居してからは、誠さんの好物や身につけているものを少しずつ情報収集していっているところだ。

「確かに。俺も椛の服は結構覚えたかもしれないな。でも、そのスカートを穿いてるところは初めて見た」

「あ、これは少し前にネットで買ったばかりで、今日初めて着たから」

彼は「そうか」と言っただけだったけれど、私はなんだかどぎまぎしてしまう。

誠さんが私の服装をちゃんと見てくれていると知って、嬉しくも照れくさかったからかもしれない。

街の喧騒のおかげで、うるさい鼓動を隠せそうでよかった。

そうじゃなければ、私の気持ちがバレてしまうかもしれないから。

KSSに着くと、私はオーダーメイドのランニングシューズを提案した。

彼は遠慮したけれど、「せっかくだから記念に作ろうよ」と押してみると、申し訳なさそうにしつつも受け入れてくれた。

(ちょっと強引だったかな？　でも、誠さんはオーダーメイドのものは持ってないみたいだったし、せっかくなら特別感があるものをプレゼントしたいし)

スタッフにサイズを測定してもらったり、カラーやデザインを決めたりする間に、小さな不安が芽生えてきたけれど……。なんだかんだ言っても嬉しそうに見えた誠さんの横顔を眺めていると、安堵感に包まれていく。

ＫＳＳを出ると、ちょうどランチの予約時間が迫っていた。

「お昼は和食にしたんだ。誠さん、洋食よりも和食の方が好きかなと思って」

「ああ、嬉しい。でも、和食が好きだって話したことはないよな？」

「誠さんって好き嫌いはほとんどないみたいだけど、和食を出すと反応がいいから好きなのかなって思ったの。特に煮物とか煮魚だと、嬉しそうな気がして」

「よく見てるな」

感心した様子の彼に、わざと得意げに笑ってみせる。

「誠さんはなんでも食べてくれるけど、できれば好きなものをたくさん出したいなって思ってるから、こっそりリサーチしてたんだ」

料理は私が中心になって用意すると決めたのはいいものの、最初はなにを作ろうか迷った。

誠さんに好みを訊いても、『好き嫌いはほとんどないから』と言うだけ。

今思えば、私の負担にならないように配慮してくれていたんだろう。

ただ、作る側からすると、『なんでもいい』という言葉に近い回答には悩まされてしまうもの。

だから、まずは和洋中と様々なおかずを作り、彼の反応を見ることにした。

すると、洋食や中華も喜んで食べてくれるけれど、和食のときが一番嬉しそうで、白米もおかわりすることが多いと気づいたのだ。

中でも、煮物や煮魚のときが箸が進むというのも、もうわかっている。

「そうだったのか。でも、椛の料理はどれもおいしいし、和食以外も好きだ」

「っ……！　嬉しいけど、そんなに褒めてもなにも出ないよ」

喜びと驚きと照れくささで、つい素直に受け取れなかった。

「お世辞じゃなくて、本当のことだから」

けれど、誠さんは優しく微笑んでいる。

いとも簡単に跳ねた私の鼓動は、さきほどよりもさらにうるさくなった。

心が振り回されてばかりの私は、彼の顔を見られなくなる。

すぐにお店に着いたことで、少しだけ救われた。


ランチに選んだ和食店は、個室になっている。

創作和食の御膳が楽しめ、デザートのみたらしだんごは七輪で好きなように焼き目をつけ、小さな壺に入ったタレを絡めて食べるようになっていた。

「こういうのは初めてだけど、楽しいな」

素直に楽しんでくれている誠さんが、どうしても可愛く思えてしまう。

私よりも年上の彼が無邪気に瞳をたわませる姿に、胸の奥がキュンとときめいた。

「うん、そうだね」

あまり話すと墓穴を掘ってしまいそうで、上手く言葉を返せない。

「でも、よく予約が取れたな。ここ、人気なんじゃないのか？」

「そうみたい。運がよかったのか、一枠だけ空いてたんだ」

実は、この部屋は別料金が発生する個室だ。

通常の個室は満席だったけれど、別途個室料が必要なこの一室だけは空いていて、それゆえに予約を取ることができた。

広さやインテリアから、お祝い事などに使われる部屋だろう。

ただ、一昨日の大失敗がある私からすれば、金額よりも誠さんに喜んでもらうことが重要だったから、それだけを最優先でプランを考えた。

もちろん、彼には内緒だけれど。

「でも、ごめんね。ここからはノープランなの」

「そんなのいいよ。もう充分すぎるくらい祝ってもらったから」

「本当は江《え》の島《しま》観光も考えたんだけど、今は夏休みシーズンだから混んでるだろうし、たぶんどこも同じかなって……。誠さんは昨日は朝帰りだったから、人混みはしんどいでしょ？　だから、もし誠さんがやりたいことがあれば教えてほしい」

昨日一日かけてほとんど寝ずに練った計画は、これで終わり。

水族館などの屋内も考えたけれど、混んでいるに違いない。

ここのところ忙しい誠さんを人混みに連れ出したり長時間並ばせたりするのは、できれば避けたかった。

「もちろん、晩ご飯もリクエストしてね。なんでもご馳走するから」

「本当にもう充分だが……。だったら、ドライブでもしないか？　一度車を取りに帰ることになるが、それなら暑さも人混みも回避できるだろ？」

それは、思ってもみない提案だった。

「私はいいけど……誠さんはいいの？　運転するの、疲れない？」

「もともと運転は好きだから平気だ。それに、せっかくふたりで過ごせる時間があるんだからこのまま帰るのはもったいないし、かと言って人混みに揉まれるよりは車内の方がゆっくり話せるだろ。それと、晩ご飯は一緒に作らないか？」

「外食じゃなくていいの？　あっ、家で食べたいってことなら私が作るよ」

戸惑ってしまった私に、彼が頬を綻ばせて首を横に振る。

「そうじゃない。ふたりで作ってみたいなと思ったんだ」

本当にそんなことでいいのか……と悩んだけれど、どうやら誠さんは本気らしい。それに気づいて頷けば、彼が満足そうに破顔した。

「決まりだな。出ようか」

「うん」

すぐに会計を済ませ、女将に見送られながらお店を出る。

「椛」

直後、誠さんの手が私の右手を取った。

「え……?」

驚いて言葉を失った私に、彼が柔らかな笑みを湛える。

繋がれた手はそのままに歩き出した誠さんの隣で、私の頬はどんどん熱を帯びていき、たぶんあっという間に真っ赤になっていた。

ドキドキと騒ぐ拍動がうるさくて、顔も繋がれた手も熱くて……。夏の日差しのせいじゃない熱が、私の全身を包む。

けれど、ギュッと握られた手は離せないまま、言葉少なに彼の隣を歩いた。

その後は、予定通り車を取りに帰って、ドライブに繰り出した。

狭い車内では緊張が解れなかったけれど、繋いだ手を離したことで体の熱は次第に冷め、一時間もすれば平静を取り戻せていたと思う。

ただ、誠さんの車に乗せてもらった回数はまだ片手にも満たないせいで、運転する彼の精悍な横顔にドキドキさせられてしまった。

途中で休憩がてら入ったカフェでは、思わずこっそり深呼吸をしたくらい。

向かい合って座っていると、ようやく平常心に戻れ、普通に話せるようになった。

結局、一時間弱のカフェ休憩を挟んで二時間ほどドライブを楽しみ、帰りに大型ショッピングモールに立ち寄って夕食の買い物を済ませた。

メニューは誠さんの希望でハンバーグに決まり、帰宅後すぐにキッチンに立つ。

「ハンバーグって作ったことある？」

「いや、ない。家でハンバーグを食べたのって、実家で出された数年前が最後かもしれないな」

「そうなの？　じゃあ、責任重大な気がしてきた……」

「どうして？」

「だって、数年ぶりに手作りのハンバーグを食べるんでしょ？　口に合わなかったら嫌だなって」

「それは大丈夫だ。俺、椛の料理はどれも好きだし、口に合わなかったことは一度もないから」

きっぱり言い切ってくれたのは、とても嬉しい。

きっと、状況が違えば、素直に浮かれていたと思う。

けれど、今日は彼の誕生日祝いで、手作りハンバーグは実家で食べた数年ぶり。

しかも、お義母様の手作りとなれば、ハードルがエベレストのように高く感じた。

「頑張るね……！」

急に緊張してきた私に、誠さんがクッと笑う。

無邪気な表情にドキッとさせられたけれど、今はしっかり料理に集中しようと自分自身に言い聞かせた。

まずは玉ねぎをみじん切りにし、それを彼に炒めてもらう。

その間に、ビシソワーズ用の材料も切っていき、付け合わせの人参とバターコーンの下準備も進めた。

「これくらいでどうだ？」

「うん、いいと思う。冷ましておくから、そのお皿に入れてくれる？」

誠さんの手際はよくて、意外にテンポも合う。

彼が料理をしてくれるときは丼物やチャーハンが多いけれど、具材の大きさがほぼ均等なことや味付けもおいしいことを思えば、手際がいいのは当然だろう。

滞りなく夕食の準備は進んでいき、一時間半ほどで料理が完成した。

彩り豊かな料理を前に、向かい合った私たちの「いただきます」の声が揃う。

まずはハンバーグに手をつけた誠さんを見ながら、息を呑むような気持ちでいた。

「うまい！　肉汁が溢れてくるし、生地は柔らかいし、ソースも絶妙だ」

「本当に？」

「ああ。お世辞抜きでおいしいよ」

思わず身を乗り出しそうになると、彼が念を押すように二度頷く。

それが本心であることがわかって、喜びとともに安堵もした。

「まあ、ちょっと歪だけどな」

「ふふっ。でも、初めて作った感じがしていいと思う」

誠さんが成形してくれたふたつのハンバーグは、綺麗な楕円形じゃない。

しかも、彼の手の大きさに合わせるようなサイズ感だ。

ただ、必死に形を整えようとしていた姿は可愛かったし、初めてにしては上手くできていると思う。

私もハンバーグを一口食べてみると、確かにおいしかった。

デミグラスソースは誠さんに味見をしてもらって調整を重ねたけれど、彼はわりと濃い味が好きなのかもしれない。

濃厚なソースと肉汁溢れる生地が、白米によく合った。

ビシソワーズも、帆立のマリネも、シーザーサラダも、おいしくできている。

ささやかなお祝いに買ったショートケーキまで平らげた頃には、もう動きたくないほどに満腹になった。

片付けを済ませたあと、お風呂が沸くまで休憩を兼ねてソファに移動する。

「今日は本当にありがとう。ランチは最高だったし、ランニングシューズの完成も楽しみだ。ドライブの途中で立ち寄ったカフェの雰囲気もよかった。それに、晩ご飯も本当においしかった」

今日のことを振り返るように話す誠さんは、本当に喜んでくれているみたい。

彼が満足してくれたのなら、これ以上に嬉しいことはない。

「そう言ってもらえてよかった。ハンバーグはまた作るね。今度は照り焼きソースとか煮込みハンバーグはどう？」

「いいな。あと、おろしハンバーグやチーズが載ったやつも食べたい。また休みが合えば、今日みたいに一緒に作らないか？」

「うん」

すかさず頷いたのは、一緒にキッチンに立つことがとても楽しかったから。

共同作業というのは、自然と会話ができるものなのかもしれない。

料理中はずっと話していたし、誠さんもいつもよりも饒舌で、なによりもお互いによく笑っていた。

だから、また今日のように一緒に料理をすれば、彼との仲が深まる気がしたのだ。

「椛」

不意に私を見つめた誠さんの瞳が、穏やかな弧を描く。

「ランチもプレゼントも一緒に過ごせたことも、もちろん嬉しかった。でも、なによりも椛に祝ってもらえたことが嬉しかったよ。正直、こんな風に思ったのは大人になって初めてだ。本当にありがとう」

改まって言われて、胸の奥がくすぐったくなる。

「ううん。当日にちゃんとお祝いできなくて本当にごめんね……。でも、誠さんに喜んでもらえたみたいでよかった。それが一番嬉しいよ」

頬を綻ばせれば、彼が意表を突かれたように目を小さく見開いた。

それはほんの一瞬のことで、瞬きをしていれば見落としていたかもしれない。

直後に訪れた沈黙が、私たちの間にある空気を変えた。

トクン、と鼓動が跳ねる。

息を呑んだ私は、緊迫した雰囲気の中に微かな甘さが混じったことに気づく。

少しして誠さんが手を伸ばし、私の頬に優しく触れた。

もう一度高鳴った心臓が、このあとに起こることを予感させる。

初めてのことと突然の状況に戸惑っている間に彼の顔が近づいてきて、そのままそっと唇が重なった。

ゼロ距離で見る誠さんは、いつの間にか瞼を閉じていた。

ところが、私は瞬きもできず、ゆっくりと離れていった彼の姿を呆然と見つめていただけ。

ただ、決して嫌じゃなかった。

二度目のキスを受け入れたときには私も瞼を落とし、触れ合った唇から誠さんの熱を感じていたくらいに……。

程なくして温もりが消え、頭の中まで届きそうな心音を感じながら目を開ける。

私を見つめていた誠さんは、すぐにハッとしたような顔をしたあとで気まずそうに視線を逸らした。

「すまない」

なんの謝罪かわからなくて、けれど急激に不安に襲われた。

「あ、そろそろ風呂が沸くはずだから、先に入ってて」

「えっ？　えっと……」

「今日は走ってないから、俺は少しランニングしてくる」

私が戸惑っている間に誠さんがソファから立ち上がり、自室に行ってしまった。

（どうして謝るの……？　どういうこと？）

困惑しているうちに玄関の方で物音が聞こえてきて、慌ててリビングから出たけれど、廊下の先に彼の姿はなかった。

「なんで……？　キスするつもりなんてなかったってこと……なのかな」

思考が纏まらない中、どこか冷静な自分もいる。

誠さんが帰ってくる前にお風呂に入ろう、なんて考えてバスルームに行った。

けれど、お気に入りのボディソープで体を洗っていても、心地よい湯船に浸かっていても、ちっとも心は落ち着かない。

浮かんでくるのは嫌な答えばかりで、散らかった思考がグルグルと回っていた。

「おかえりなさい」

「あ、ああ……ただいま」

お風呂から上がって少しすると誠さんが帰ってきたけれど、彼は不安と緊張を抱えていた私から視線を逸らしてしまった。

次の瞬間には沈黙が起こり、リビングがひどい気まずさに包まれる。

「汗かいたから、風呂に入ってくる。椛は早く寝た方がいい」

それはまるで、突き放すような言い方だった。

謝罪の理由を訊きたいのに、そこに触れてはいけない気がして……。

「うん、わかった……。おやすみ」

私は無理やり張りつけた笑みを返し、誠さんの横を通り抜けた。

「おやすみ」

ドアが閉まる直前に届いた声には、返事も振り返ることもできなかった。

楽しかった空気も思い出せないほど、心が鉛を抱えたように重い。

ふたりで笑い合っていた時間が、まるで都合のいい夢だったみたいに思えた。

四　抑え切れない恋情　Side Makoto

椛に誕生日を祝ってもらった、翌日。

刑事部捜査第二課の自席で、俺は一心不乱に報告書を書き上げていた。

幸か不幸か、連日起こった事件のせいで事務作業まで手が回らず、今日は何事もなければ報告書の作成だけで一日を終えそうなほどだ。

恐らく、周囲にいる同僚たちも似たようなものだろう。

煩悩を滅却するにはちょうどいい。

残念ながら、昼休憩を迎えて間もなく昨夜のことを思い出したため、雑念に包まれて箸が進まなくなってしまったのだけれど……。

(昨日のハンバーグ、うまかったな)

人がまばらな食堂でハンバーグを一口食べた瞬間、そんなことが脳裏に過った。

昼食は基本的に警視庁内にある食堂で摂っているが、メニューを考えるのが面倒という理由で、日替わりランチを頼むようにしている。

今日の日替わりは、デミグラスソースのハンバーグ。

偶然とはいえ、昨夜のことを思い出さないはずがない。

食堂のメニューはどれもおいしいが、彼女と一緒に作ったものの方が好みだった。

また食べたい、と心から思う。

だが、今日は椛とどんな顔で会えばいいのかわからなかった。

(どうしてキスなんてしてしまったんだ……。いや、これでも耐えてきたんだが、同意もなくあんなことをしてしまうなんて……)

もそもそと食べ進めながら、後悔と罪悪感が大きくなっていく。

昨夜、俺は彼女にキスをした。

誕生日を忘れていたことを挽回するように、一生懸命俺のことを考えて祝ってくれた椛があまりにも可愛くて……。その純粋な笑顔に心を奪われて、気づけば彼女の唇を奪ってしまっていた。

といっても、一般的に見れば夫婦なのだから普通のことだ。

籍を入れたのが、六月上旬。

結婚してもうすぐ二か月を迎えようとしている今、むしろキスどころかもっと先に進んでいてもおかしくはない。

俺だって、キスをした瞬間は喜びが大きく、自然ともう一度くちづけていた。

しかし、椛の同意を得なかったことに気づいた直後には、後悔と罪悪感でいっぱいになった。

彼女とは見合い結婚だ。

そして、これまでの椛の初心な反応や言動から、彼女には恋愛経験があまりないことはわかっていた。

だから、決して怖がらせないよう、不安にさせないよう、接してきたつもりだ。

手だってまともに繋いだのは昨日が初めてだったし、キスもその先も椛の様子を見ながら慎重に進める予定だった。

もちろん、夫婦になった以上、彼女なりに色々と覚悟はしているだろう。

いい大人なのだから、体を重ねることを想像していないとも思えない。

ただ、いくら夫婦でも勝手に触れていいのかと言えば、決してそんなことはない。

夫婦間でも、互いの意思に基づく同意は必要なのだから。

しかも、椛は見合いのときにはあまり乗り気ではなさそうだったし、この結婚も心から望んでいなかったと知っている。

父親である九重警視監の意向を汲み、偶然あてがわれたのが俺だったというだけ。

そこはきちんとわかっていたため、俺の気持ちだけで先走ってはいけないと自分自身に言い聞かせてきた。

彼女に恋愛感情がないのは当然だし、見合いで早々に結婚した相手である俺をいきなり恋愛対象として見られるとも思っていない。

少なくとも、もっと時間が必要で。

けれど、そうしたって恋情を向けてもらえる保証などない。

真面目すぎるがゆえにおもしろ味がないと言われた過去もあるため、そんな男が椛のような明るく可愛い女性の恋愛対象になれるのかすら疑問だった。

だからこそ、昨夜の二度目のキスのあとに我に返ったときは、冷や水を浴びせられたように血の気が引いていったのだ。

すぐにフォローできればよかったのだが、あのままだと勢いでタガが外れて押し倒しそうで、咄嗟に謝罪をしてランニングに出掛けてしまった。

走っている間は自身の不甲斐なさと身勝手さを反省しながらも、帰宅後にはより気まずさが濃くなって目も合わせられなかった。

キスをしたあとの椛がどんな顔をしていたのか、よく思い出せない。

心の中が焦りと不安でいっぱいだった俺は、それほどまでに余裕がなかったのだ。

もしかしたら怖がらせたのでないだろうか、嫌われたのではないだろうか……と、今はそんなことばかり考えてしまう。

俺と違って、過去のことを覚えていない彼女だからこそ、細心の注意を払って慎重に仲を深めていくべきだと思っていたのに……。

(再会したときはこんなことになると思ってなかったんだがな……)

天井を仰いだ俺は、息を深くついた。


椛と出会ったのは、今から約六年前のこと——。

まだ桜が散ったばかりだったというのに、初夏のように暑い日だった。

当時、捜査一課にいた俺は、一一〇番センターからの入電を受け、同僚たちとともに現場に急行した。

その事件現場が、よつば幼稚園だったのだ。

被疑者は、二十代後半の男。

近くのコンビニに押し入ってナイフで脅してレジの金を盗んだあと、巡回していた警察官と鉢合わせ、ナイフを振り回しながら目の前の幼稚園に逃げ込んだ。

そして、園内にいた園児と教諭を人質に取り、立てこもっていた。

通常、大人数の人質は被疑者にとってはデメリットになりうる。

子どもひとり程度なら抱えて逃げるのも可能だが、人質の人数が増えるごとにその場から動けなくなり、被疑者自身の首を絞めるようなものだ。

爆弾でもあるのならまだしも、鉢合わせた警察官の話ではその可能性は低い。

とはいえ、多くの園児と複数の教諭がいる中、ナイフを持った男がいるというだけで危険性は高かった。

他に武器を所持していないとも言い切れず、安易な行動は取れない。

ましてや、中にいるのは子どもと女性という、明らかに被疑者よりも弱い立場の人間ばかり。

追い詰められた被疑者が自棄になれば、大きな被害が出る可能性も大いにあった。

周囲の施設や建物から園内の様子を窺うも、外部からの盗撮などを防ぐためにリフォーム工事が施されて間もなかった幼稚園の構造上、様子がわかりづらい。

かと言って、ナイフ一本の被疑者を相手に機動隊が出ないのは明白だ。

一か八かで突入するわけにもいかず、幼稚園の周囲には中から聞こえてくる園児たちの泣き声と被疑者の怒声が響き渡っていた。

さらには、野次馬やテレビ局の取材班までやってきて、混乱も大きくなっていく。

現着してから一時間の膠着状態が続いた頃、どうにか園内に入れそうな場所を見つけ、俺と先輩だけで突入することになった。

園内に入ってすぐ、まずは身を隠しながら大声がする方に歩を進めた。

被疑者と人質たちは二室が続き間になっている教室にいて、教室の外から見る限りは被疑者が園児のひとりを抱えているようだ。

複数の教諭が他の園児の盾になるようにして守り、被疑者と人質の園児、複数の教諭、残りの園児という立ち位置になっている。

そっと触れて確認した教室のドアには、鍵がかかっていた。

「いいか！　動くなよ！　誰かひとりでも動こうもんなら刺すからな！」

被疑者は興奮しており、焦りと動揺からかナイフを振り回している。

「やめてください！　人質なら私が代わりますから、その子を離して！」

「うるせぇ！　これ以上しつこく言うなら、このクソガキ刺し殺すぞ！」

虚勢を張るように必死に威嚇しているが、被疑者に余裕がないのは明白だった。

被疑者に訴えた若い女性教諭は、震えながらも子どもたちを守ろうとしている。

すぐに中の情報を外部に伝え、隣にいる先輩を見た。

「どうしますか？」

「援護を頼んだ方がいいな。ふたりでの突入は避けて応援を待つぞ」

彼はそう言ったが、被疑者はすでにパニック状態で、いつナイフを振り下ろすかわからない。

そのとき、向こう側の窓の鍵が開いていることに気づいた。

「二手に分かれましょう。俺はあっちに回って窓から突入します。俺が被疑者を押さえるので、先輩はこっちの窓から突入して人質を保護してください」

「え？　あっ、おい――！」

言い終わるよりも早く、静かにその場を離れる。

背後で焦り声が聞こえたが、俺はそれを振り払うように外に戻った。

正直、彼の判断に納得がいかなかったのもある。

しかし、それよりも、園児を守ろうとしているひとりの若い女性教諭を見て、警察官である自分たちが動かなくてどうすると思ったのだ。

急いで教室の外に回り、鍵が開いていた窓の真下で待機する。

そこから少し顔を出して中の様子を窺い、廊下側にいる先輩に目配せをした。

彼が微かに頷き、心の中で唱えた三・二・一の合図で突入する。

俺は窓を開けて室内に飛び込み、先輩は消火器で廊下側の窓を割って突入した。

「きゃあっ！」

「うわっ！　なんだっ……」

教諭と園児の叫び声や泣き声に、被疑者の動揺の声がかき消される。

左右からの突入に判断を遅らせた被疑者は、俺たちが突入してもすぐには動けず、数秒遅れてナイフを振り下ろした。

（クソッ……！）

人質に取られた園児を目がける切っ先に、必死に手を伸ばす。

「ダメッ！」

直後、俺と先輩が被疑者にたどりつくよりも早く、女性教諭が小さな体を守るように覆い被さった。

ナイフが彼女の左の肩から上腕をかすめ、俺は咄嗟に被疑者の腕を掴む。

ふたりから引き離すようにして被疑者を全力で押し、振り向いた被疑者のナイフを避けて腕を掴み、力いっぱい捩じりながら床に倒れ込んだ。

しかし、被疑者がもう片方の手で隠し持っていたナイフを振りかざし、俺は背後にいた女性教諭を庇おうと反射的に身を挺した。

銀の刃に左肩から腕にかけて流れるように切りつけられ、痛みで顔が歪む。

それでも、掴んだままの腕を両足で挟み、被疑者の体を押さえつけた。

二本のナイフが飛んでいき、それを視線で追いつつ叫んだ。

「先輩！」

すかさずナイフを蹴って遠ざけた先輩が、女性教諭と園児を庇うように立つ。

「被疑者確保！」

その間に、俺は被疑者を後ろ手にして手錠をかけた。

騒然としていた現場に、大きな泣き声が響き渡る。

けれど、それは安堵交じりのものであるとわかっていた。

「先輩、被疑者をお願いします」

「え？　あ、ああ……」

外部と連絡を取っていた先輩に被疑者を預け、女性教諭のもとに駆け寄る。

彼女と真正面から向かい合い、視線が絡んだ。

刹那、その女性教諭が人質の身代わりになると声を上げていた人物だったことに気づいた。

「腕を」

「え……？　あ、私よりも、子どもたちを……。それに、刑事さんも怪我を……」

「すぐに警察官が来ますから、子どもたちは彼らに任せればいい。俺のことよりも、まずはあなたの腕を止血します」

半袖のTシャツから覗く華奢な肩から上腕には、一本の切創ができている。

恐らく深くはないが、鮮血が細い腕を伝い、痛々しかった。

すぐにハンカチを取り出し、止血するように腕に結んでいく。

手当てを始めて間もなく、同僚たちや警察官が教室内に到着した。

「ハンカチが……」

「構いません。それより、申し訳ありませんでした」

「え……？」

「あなたに怪我をさせてしまった……」

突入すると判断したのは、俺だ。

先輩の懸念を受け入れ、外部の援護を待てば、こうはならなかったかもしれない。

そう思ってしまい、罪悪感と申し訳なさでいっぱいになった。

「これくらい平気です。助けに来てくださって、ありがとうございました」

「いえ、俺の方こそお礼を言わせていただきたい。あなたの勇気を見て、突入する決断ができました」

「そんな……。勇気だなんて……ただ必死だっただけです。それに、もし刑事さんたちが来てくれるのがもっと遅かったら、もしかしたら子どもたちが……」

小さくなっていった声に、涙が混じっていく。

「や、やだ……。今頃、震えが……っ」

今まで気丈に振る舞っていたせいだろうか。

一気に襲ってきた恐怖心を表すように、大きな瞳から涙が零れ落ちていった。

小刻みに震える細い肩が、傷と同じくらい痛々しい。

華奢な体でナイフを持った被疑者から園児を庇うのは、いったいどれほど怖かったことか。

その心情を思えば、胸の奥が締めつけられるようだった。

思わず抱きしめたくなったとき、彼女のエプロンについている名札が目に入った。

【ここのえ　もみじ】

(ここのえ？　……九重か？)

すぐに浮かんだのは、直属の上司だった刑事部長の九重警視長の顔。

見かけによらず一人娘を溺愛している上司から、娘のことをよく聞かされていた。

椛という名前、この春に幼稚園教諭になれたこと、そして警視庁の管轄内にある幼稚園に就職したこと。

ここまで揃えば、目の前にいる女性が上司の娘であることは疑いようもなかった。

ただ、相手は俺のことを知るはずもない。

なによりも職務中に余計なことは言うまいと、彼女を安心させることを優先した。

「っ……」

「落ち着いて。ゆっくり深呼吸してください」

肩に触れようとしたが、震えている女性教諭を見て手を引っ込める。

男にナイフで切りつけられたのだから、今は異性が怖いかもしれない。

最初に目が合った以降はずっと俺を見ないようにしている様子だったこともあり、これ以上は異性である俺が対応しない方がいいと思った。

「彼女についてあげてくれ。左肩と上腕を怪我してるから、病院に搬送して」

近くにいた女性警官に彼女を頼んだあと、俺は現場検証と事情聴取に奔走した。

けれど、数日経っても、あの女性教諭のことが頭から離れなかった――。

(だから、九重警視監から見合いの話を持ちかけられたとき、断り切れなかったんだよな……)

ふう……と息を吐けば、自然と自嘲交じりの笑みが漏れる。

正直、九重警視監から椛との見合いを打診されたときは、気乗りしなかった。

そもそも、今は仕事を最優先していたかった俺は、結婚願望があまりなかった。

令和の時代になっても、警察官は結婚することで社会的信用にも繋がりやすいという一面はあるが、それを踏まえてももっと先でいいと思っていたのだ。

しかも、警視監は直属ではないとはいえ、今でも警視庁内では上司にあたる人。

九重警視監のことは尊敬しているが、見合いを受ければそのあとはもっと断りづらくなるし、ましてや警視監の身内になるなんてまっぴらだ。

九重警視監に人事権などはないため、別に断ったところで出世に響くようなことはないとわかっていたし、『結婚する気はないので』とでも言おうと思っていた。

ところが、拒絶の意思を返そうとしたとき、ふとあの日のことが脳裏を過って椛が今どうしているのかが気になった。

警視監自身、事件はもちろん、俺が突入の判断を下したことも知っている。

そのせいか、あの事件後から九重警視監はよく椛のことを話すようになった。

警視監から聞く限りでは元気にしているようだったし、あのあと何度かよつば幼稚園に足を運んだときにも遠目に笑顔の彼女を見かけはした。

しかし、なんとなく会いたいような気持ちが芽生えて……。

『会ってみるだけでもいい。気が合わないと思ったら遠慮なく断ってくれ』

そんな俺の背中を押すような九重警視監の強い勧めもあって、彼女と見合いをすることになったのだ。

誤算だったのは、自分自身の心情の変化だ。

再会した椛は、六年前のあどけなさを残しながらも美しく成長していた。

彼女と目が合った瞬間に見入ってしまい、どんなときでも冷静沈着だと自負していた自分がぼんやりしてしまったことに内心驚いた。

しかし、椛は見合い自体に乗り気ではなさそうな様子で、どこか繕っているような表情しか見せてくれず、俺のことを覚えている様子もない。

ところが、いざ仕事の話になるとキラキラした顔になり、別人のような彼女の明るい素顔にまた見惚れてしまった。

同時に胸が高鳴るのを感じ、今まで抱いたことのない感覚が芽生えていた。

それが一目惚れだったのだと自覚したのは、次に椛に会ったときのこと。

一度きりのつもりが、俺からデートの約束を取りつけたのだ。

二度目、三度目……と会ううちに、どんどん惹かれていった。

上司の娘だとか、九重警視監と身内になるかもしれないとか……。気づいたときには、そんなことはもうどうでもよくなっていた。

真面目で謙虚なのに、園児たちのことを話すときには明るい笑顔になる。

まるで花が綻ぶようで、俺は彼女の仕事の話を聞くのが一番好きだった。

ふとした瞬間に見せる気を抜いた素顔や、ちょっとしたことで緊張を浮かべて染まる頬に、恥じらうように彷徨う視線。

どんな顔も、とにかく可愛く見えて仕方がなかった。

椛と会えば会うほどもっと一緒にいたくなって、性急だと自覚しながらも四度目のデートで告白をすっ飛ばしてプロポーズをしてしまうほどに……。

けれど、その意志は固かった。

『これからは九重警視監の代わりに、俺に椛さんを守らせてください』

そう告げて彼女が承諾してくれたときには、心が高揚した。

『古い考えだが、籍を入れるまでは手を出すな』

ところが、警視監に椛との結婚の意思を報告したとき、そう釘を刺された。

そんな言葉を気にする必要はないのかもしれない。

しかし、どうしても無視はできず、これまでは理性が崩れそうになっても九重警視監の顔が脳裏に過ってしまい、必死に思い留まっていた。

せめて、椛の覚悟が決まるまでは待ちたい。

さらに言えば、彼女と両想いになれたらもっといい、と。

だから、婚約してからもキスどころか手を繋ぐこともできずにいた。

そんな中、椛に遠慮や必要以上の気遣いを見せられると、虚しくなった。

もしかしたら彼女にはそういうつもりはなかったのかもしれないが、俺の片想いであることを何度も痛感させられたから……。

極みつきだったのは、指輪を買いに行ったときの椛の態度だ。

婚約指輪を遠慮されただけでも切なかったというのに、結婚指輪だけを予約して店を出た直後に保護者と鉢合わせ、彼女が気まずそうな顔をしたのだ。

椛が正直に話してくれた理由には納得できたし、理解もしたつもりでいる。

それでも、恋情とは身勝手なもので、自分だけが好きなのだと思い知らされると胸の奥が締めつけられた。

そういう日々を送っていたからこそ、俺の誕生日を祝うために一生懸命だった椛が今まで以上に可愛く思えて……。理性を抑え切れず、衝動的にキスをしてしまった。

(でも、あの事件のことも知ってるからこそ、昨日の態度は最悪だったよな……)

肩を落とし、反省と罪悪感に塗れた深いため息をついた。

「おいおい、でかいため息だな。鉄仮面のお前にしては珍しいというか、幸せいっぱいのはずの新婚さんがどうした？　難事件でも起きたのか？」

そこへ、同期である警備部警護課の蜷川力人《になが わりき と》がやってきた。

当たり前のように隣の席に腰を下ろした彼が、片眉を上げて俺を見てくる。

いつの間にか食堂内は賑わい、俺たちの隣のテーブル以外は埋まっていた。

かつ丼を頬張る彼から、そっと視線を外す。

「妻に……キスをしてしまった」

「……それのなにが問題なんだ？」

もっともな疑問を返され、どう言おうか悩んでしまう。

「その……同意を得てない。椛は手を繋いだだけで顔を真っ赤にするくらい初心だから、もしかしたら怖がらせたかもしれない……」

「なに言ってるんだ。奥さん、二十八とかだったよな？　それなりの年齢の女なんだから大丈夫だろ」

ケラケラと笑われて、どうかそうであってほしいと思いつつ安心はできなかった。

もしかしたら、蜷川の言う通りなのかもしれない。

恋愛経験がなくても、二十八歳という年齢と情報過多な現代の状況を鑑みれば、キスや夫婦の営みくらい想像もできるだろう。

それでも俺は、本能に負けて椛に寄り添い切れなかった自分が許せなかった。

彼女が俺に恋愛感情を持ってくれなかったとしても、なぜもう少し待てなかったのだ、そうでなくてもせめて同意を得るべきだった……と。

「そうかもしれない。だが、夫婦であっても相手の同意がないならダメだろ。それに、見合い結婚だからこそ、俺は椛の気持ちが固まるまで待つつもりでいたんだ」

「紳士というか、クソ真面目というか……ここまで堅物だと、もはや尊敬するぞ」

「九重警視監からも、『籍を入れるまでは手を出すな』と言われてたのもある。もう籍は入れたが、俺は椛の気持ちに合わせたかった。……これまでは警視監の顔が浮かんで歯止めが利いてたんだけどな」

大きなため息をつけば、彼が苦笑いを零す。

「あのおっさんの顔が浮かんだら、キスはしづらいわな」

冗談か本気か、その返答に眉をひそめた。

「九重警視監のことをそんな風に言うな。俺は尊敬してるんだ」

「いや、俺も尊敬はしてるよ。それより、警視監と奥さんって顔が似てるのか？　だとしたら、こう……甘い雰囲気には持っていきづらいな」

「ちっとも似てない！」

ムッとして、蜷川を睨む。

「椛はあんなに仏頂面じゃない！　可憐で可愛くて、それに美人だ！」

「お前の方がひどいこと言ってるぞ……。まあ、とりあえずお前が奥さんにベタ惚れだってことはよくわかったよ」

矢継ぎ早に言い返した俺に、彼が呆れ笑いで肩を竦めている。

身の置き場のないような気持ちになった直後、スマホが鳴った。

「はい」

『水無瀬さん、すぐに戻ってください！』

電話の相手は後輩だった。

現在追っているマルタイ――捜査対象者である大物政治家に、動きがあったのだということ。

「悪い。もう戻る」

「ああ。またな」

俺はハンバーグを残すことを申し訳なく思いつつ、急いで捜査二課に戻った。

三章　お見合い結婚でも愛は芽生えますか?

一　甘くて苦かったキス

デートの翌朝、私が起きたときには誠さんの姿はもうなかった。

朝方まで眠れなかった私は、彼が家を出たことにも気づかなかった。

まだ七時過ぎを指している時計を見れば、誠さんがいつもよりも早くに出掛けてしまったのがわかる。

テーブルには、ベーコンエッグとサラダ、昨日立ち寄ったカフェで買ったベーグルが置かれていた。

キッチンのコーヒーメーカーには、一杯分ほどのコーヒーが入っている。

いつも通りに私の朝食が用意されていたことにホッとした反面、今夜はどんな顔で彼と会えばいいのかわからなかった。

「いただきます」

もそもそと朝食を食べ始めたとき、スマホが震え出す。

電話をかけてきたのは父で、私が対応するとすぐに電話口から声が聞こえてきた。

『父さんだ。今日は仕事か？』

「ううん、休みだよ。幼稚園は夏休みに入ったし、夏祭りも終わったからしばらくは例年通り日直とプール開放の日だけが出勤なの」

『そうか』

落ち着いた父の声を聞きながら、なんの用だろうと首を傾げる。

「それより、どうかした？　電話してくるなんて珍しいね」

父はあまり連絡をしてこないし、私も実家に帰るときなどには母に伝える。

だから、父が用事もないのに連絡してくるとは思えなかった。

『その……なんだ。水無瀬くんとはどうだ？』

「どうって……」

思わず昨夜のことが脳裏に蘇り、頬がかあっと熱くなった。

「ふ、普通だよ……！」

『普通？　どう普通なんだ？　ちゃんと一緒にご飯を食べたりしているのか？』

「時間が合うときはね。今日はもう仕事に行っちゃったみたいで顔を合わせなかったけど、できるだけ朝と夜は一緒に食べてるよ」

『それならいいが……。水無瀬くんはとにかく忙しいからな。椛も仕事があって大変だと思うが、食事はできるだけ一緒に摂るようにしなさい』

父らしくない言葉に、きょとんとしてしまう。

(私が幼稚園や小学生くらいのときなんて、お父さんと一緒にご飯を食べた記憶があんまりないんだけど……)

いったいどの口が言うんだか、と返したくなる。

私にとって、幼い頃は特に父が家にいないことは当たり前だった。

家ではいつも、時短パートをしていた母とふたりきり。

一人っ子だった私は、誕生日もクリスマスも賑やかに過ごした記憶はない。

私が生まれるまでは正社員で働いていたらしい母は、ワンオペ育児のために会社を辞め、私が小学生になるとパートを始めた。

高校生になる頃には父が家にいる時間が増えたけれど、今度は私が部活で忙しくなり、やっぱり父とはあまり一緒に過ごす機会はなかった。

『捜二はな、東京地検特捜部に勝るとも劣らないんだ。テレビドラマなんかでは捜一ばかりにスポットが当たるが、水無瀬くんがいる捜二もエリート集団と言える。過去の警視総監の中には、捜二出身の人間も多いんだ』

警視総監と言われても、ピンとこない。

ただ、それだけすごいところなんだということは、なんとなく伝わってきた。

そういえば、私は誠さんの仕事内容をまったく知らない。

父の姿を見てきたから、もちろん内部情報を話せないのはわかっているけれど。

「捜査二課って、なにをするところなの?」

『詐欺事件や贈収賄事件の捜査が中心だな。詐欺と言っても簡易的なものじゃなく、サイバー犯罪や知能犯事件だ。頭脳派のスペシャリストと言えばいいか』

父は、『ネットにも基本的な情報が載ってるはずだ』と付け足す。

『つまり、それだけ優秀だということだ。まあ学歴も知ってるからわかるだろうが』

彼は、国内最難関の大学の法学部を卒業したあと、警察官採用試験を経て警察大学校を出ている。

有名私立大出身の父から見れば、自分以上に将来有望だと感じているようだ。

『水無瀬くんも父さんのように仕事人間かもしれないが、真面目で誠実で……好青年なのは保証する。だから、彼を信じてやっていきなさい』

「うん」

ひとまず返事をしつつも、今の私にはとてもハードルが高い要求だった。

誠さんを疑っているわけじゃない。

けれど、昨夜のキスのあとに紡がれた謝罪の意味をどうしても悪いようにしか受け取れないせいで、彼とどう向き合えばいいのかわからないのだ。

その後、父は『たまには母さんに顔を見せてやりなさい』と言って電話を切った。ため息をついてコーヒーを飲んだ私は、砂糖を入れ忘れていたことに気づき、いつもよりも強い苦味が喉に引っかかった。

午後になっても、気分はちっとも上がらない。

昼食の準備をするのも億劫で、作り置きを用意するために午前中に買い出しに行った材料は冷蔵庫に放り込んだまま。

セミナーに向けた勉強がしたい。

二学期の行事についても、考えておきたいことはたくさんある。

そんな思いとは裏腹に、なにひとつこなせていなかった。

誠さんはどんな気持ちで謝罪を零したんだろう……と、ずっと考えている。

(謝ったってことは、キスするつもりはなかったってことだよね？　それに、誠さんは申し訳なさそうで……たぶんすごく後悔してた)

考えれば考えるほど、嫌な答えばかりにたどりつく。

彼が不誠実な人じゃないということを知っているからこそ、あの謝罪には深みと重みがあった。

（夫婦なんだから当たり前のことなのに……。私は嬉しかったのに……）

嫌じゃなかった。

緊張でいっぱいで、ドキドキして苦しかったけれど、なによりも嬉しかった。

少しでも甘い空気になれたことが、誠さんにキスをしてもらえたことが……。

それなのに、今は心が重くなるばかり。

一瞬だけ感じられた甘さと喜びはもう思い出せなくて、彼との初めてのキスは苦い思い出になってしまっていた。

（ちゃんと話せばいいってわかってるんだけど……恋愛感情がないって突きつけられるのが怖い……。この先ずっと一緒にいたいからこそ、誠さんの口から本音を聞いてしまったら平常心じゃいられない気がする……）

今どき、婚活やお見合い結婚なんて珍しくはない。

世の中にはそうして出会って結婚し、愛を育んでいる夫婦だっているのだから、少しずつ夫婦としての絆を深めていければいいと思っていた。

けれど、恋心を自覚した途端、不安や焦りばかりが大きくなっている。

もし、『本当は断れなかったんだ』なんて言われてしまったら、どうすればいいのかわからない。

せめて彼が自分の意思だけで結婚を決めてくれたのなら、まだ救いはあるけれど。

そうじゃないのなら、私はどうすればいいんだろう。

こんな気持ちでいる以上、今朝は顔を合わせずに済んでよかったのかもしれない。

(ダメだ……。なんかもう、余計なことしか考えられないよ……)

気晴らしにテレビでも観ようと、点けてみる。

いくつか番組を確認してみたけれど、平日の日中に放送されているのはバラエティーや情報番組ばかり。

そんな中、なんとなくニュースで手を止める。

ぼんやりと観ていると、程なくしてテロップで【議員事務所に家宅捜索】と表示された。

次いで、アナウンサーが『次のニュースです』と切り出した。

『入札を巡り、政治家の元川《もとかわ》多朗《たろう》議員が便宜を図った見返りに多額の現金を受け取ったとして、元川議員の事務所に警視庁が家宅捜索に入りました』

アナウンサーが『現場の様子です』と言うと画面が切り替わり、三階建てのビルの前に並ぶ複数の警察官の姿が映った。

「えっ……？　誠さん!?」

警察官たちの先頭にいたのは、見慣れた男性の姿。

黒いスーツと同色のネクタイ、パリッとした白いシャツを着こなしているのは、間違いなく誠さんだ。

彼は、険しい表情で捜査員たちになにか指示を出している。

私が知っている誠さんは、優しく穏やかな面持ちばかり。

ときに真剣な顔も見せてくれるけれど、よく見ているのは柔和なものが多い。

反して、今の彼は厳しくも冷静な表情をしている。

しかも、多くの捜査員たちの中で陣頭指揮を執っているようだった。

そんな誠さんの姿に、鼓動が大きく高鳴る。

拍動は忙しないほどの早鐘を打ち始め、胸の奥がキュンと震えた。

程なくして、腕時計を確認した彼がビルの中に入っていく。

現場にいるキャスターが詳細を話しているけれど、驚きのあまり思考が働かない。

画面は何度も切り替わり、その間に誠さんの姿が数回映し出された。

ニュースの内容は、大物政治家の贈収賄について。

政治に関心が薄いと言われる日本人でも誰もが名前を聞いたことがあるであろう元川議員が、国が手掛ける事業の入札に際し、ある大企業に便宜を図ったのだという。

見返りに受け取った金額は、およそ一億七千万円。

一般人には想像もつかない額はもとより、大物政治家の逮捕とあって番組内のアナウンサーやゲストたちは騒然としている。

ただ、アナウンサーが読み上げた原稿によると、家宅捜索に入った時間は二時間ほど前のことで、現場の様子はライブ映像じゃなかった。

画面がスタジオに戻り、アナウンサーたちが感想や意見を交わし合っている。

しばらくすると、次のニュースに切り替わった。

「誠さんって、すごい人なんだ……」

心臓は、まだうるさいくらいに脈打っている。

事件が起こっているというのに不謹慎だ。

そう思う反面、ドキドキと高鳴ったままの胸が甘苦しくて……。瞳と記憶に焼きついた誠さんの姿が、私の恋情を加速させる。

(私……自分で思ってるよりもずっと、誠さんのことが好きなのかもしれない……)

改めてそう自覚させられたとき、まるで昨夜の彼とのキスを反芻するように指先で唇に触れていた――。


翌日、私は日直当番で朝から出勤だった。

誠さんは、昨夜のうちに【今夜は帰れない】と連絡をくれていた。

大きな事件だったから、後処理にでも追われていたのかもしれない。

結局、彼は早朝に帰宅したようで、顔を合わせることはなかった。

それなのに、テーブルには近所のベーカリーのパンが数種類置いてあり、冷蔵庫にはコンビニのサラダやヨーグルトまで用意されていた。

【おはよう　好きなものを食べて】

テーブルにあった短いメッセージと、誠さんの思いやりを感じる行動。

疲れているはずなのに私のことを気にかけてくれたことに、喜びと感謝と同時に申し訳なさも芽生えた。

(誠さん、今日も仕事だったよね……。大丈夫かな)

自分が多忙なのに、私のために朝食を用意してくれたことは嬉しい。

反面、彼の体が心配でたまらなかった。

（今夜は食べやすいものの方がいいかな）

作り置きの中にあるさっぱりめの副菜を思い出し、メインは魚にしようと決める。誠さんが家で夕食を食べられるのかはわからなかったけれど、彼のためになにかしたかった。

「椛先生、健太くんパパがお見えになってるわよ」

そんなことを考えながら教室を掃除していると、妙子先生に声をかけられた。

「あっ、すみません。すぐに行きます」

「うん。面談室で待ってもらってるから」

急いで教室の鍵を閉め、職員室の隣にある面談室に向かう。

ノックと「失礼します」と断りを入れてドアを開けると、三人掛けのソファに健太くんの父親が座っていた。

「お待たせして申し訳ございません」

頭を下げれば、立ち上がった彼が申し訳なさそうに眉を下げる。

「いえ、僕こそ早く着いてしまってすみません」

「大丈夫ですよ」

笑顔で冷たい麦茶を出し、ローテーブルを挟んだ対面のソファに腰を下ろした。

「それで、ご相談って？」

「あの……健太は幼稚園ではどうでしょうか？」

「すごくいい子ですよ。明るくてクラスのムードメーカーのような存在ですし、困ってるお友達がいたら率先して手を差し伸べてくれます。喧嘩になっても自分からきちんと謝れますし、勉強も運動も積極的に取り組んでます」

健太くんの長所なら、いくらでも出てくる。

素直で明るく、無邪気で甘えん坊。しっかりしていて、クラスの人気者だ。

ひらがなやカタカナも読め、運動の時間にはいつも張り切っている。

ときには友達と喧嘩もするけれど、子ども同士にはよくあること。

話し合いをして納得できれば素直に謝れるから、仲直りをするまでも早い。

「そうですか……。やっぱり幼稚園ではいい子なんですね」

引っかかる言い方をした健太くんの父親は、深いため息をついた。

「健太くん、おうちでなにか困ったことがありますか？」

「ええ……。よく泣き喚くと言いますか……手がつけられないことがあって」

「そうだったんですね。ですが、健太くんくらいの年頃の子なら、わりと普通のことだと思いますよ」

気に入らないことがあると泣き喚く園児は、どのクラスにも一定数いる。

それが特性によるものであるか、性格的なものかはそれぞれだけれど、一時間くらい泣きやまないようなことも珍しくはない。

「違うんです。その……泣いて暴れるというか、ひどい癇癪を起こすんです。おもちゃを投げたり、物を壊したり……僕に向かって食べ物を投げつけることもあります」

普段の健太くんからは、まったく想像できない姿だった。

健太くんはこれまでに大きなトラブルを起こしたことはないし、活発ではあるけれど気性は激しくない。

いつも穏やかに話す健太くんの父親に似ているのか、性格的には温厚な子だ。

「そんなことが……。幼稚園では一度もそういったことはないのですが、おうちでは頻繁にあるということですか？」

「はい……。毎日とまでは言いませんが、週に数回は……。でも、いつもなにが原因でスイッチが入るのかわからないので、僕も両親も途方に暮れてしまって……」

それから、彼は堰を切ったように健太くんの様子を話し始めた。

ただ、その内容はさきほど聞いたことの繰り返しばかりで……。どこかで止めようにも口を挟む隙がなく、どんどんヒートアップしていく。

「えっと……健太くんのお父さん、少し落ち着いてください」

どうにか声をかけると、健太くんの父親はハッとしたような顔になった。

「あっ、すみません……。やっぱり母親がいないのがいけないんでしょうか……」

健太くんの両親は、健太くんが入園した直後に離婚している。

彼は、近くに住む自分の両親に協力してもらいながら健太くんを育てていた。

「そんな……。まだなんとも言えませんが、健太くんくらいの年頃の子は不安定になることが多いんです。自分の気持ちを上手く言えないこともあるので、どうしても物に当たったり手足が出たりすることもあるんだと思います」

「でも、母親がいればこんな風にはなってないかもしれないですし……」

確かに、子どもにとって母親の存在というのは大きい。

今は男女問わずシングルの親が増えたけれど、それでも圧倒的に子どもは母親が引き取ることの方が多いはずだ。

「園の方でもしっかり共有して健太くんの様子を見てみますから、お父さんはできるだけ健太くんのおうちでの状態を教えていただけますか？　アプリに入力していただく形で構いませんので」

よつば幼稚園では、毎日アプリで出欠確認を行っている。

その日の体温や体調を記入する欄とともに備考欄もあるため、そこに打ち込むだけなら連絡帳に書くよりも大きな手間にはならないはずだ。

「わかりました。あの……またご相談に乗っていただけますか？」

「もちろんです。主任や園長が同席することも可能ですし、遠慮なくご相談ください」

「よかった……！　健太は椛先生のことが大好きですし、僕も椛先生なら信用できるので心強いです！　家でも健太は椛先生の話ばかりするんですよ」

健太くんの父親の表情が明るくなり、家での楽しい出来事を話し出す。

そういう話を聞けるのは嬉しいし、幼稚園としても園児個人の情報がたくさんあるのはありがたい。

一方で、なかなか話が終わらず、面談室に来てから随分と時間が経っていた。

「ああ、すみません……。話しすぎですね。でも、こういう機会でもないとこんな風にゆっくり話せないので、つい……」

「そうですよね。色々とご不安はあると思いますが、私たちも健太くんの生活が落ち着くように努めますので、どうかあまりご無理はなさらないでください」

「ありがとうございます」

結局、面談は一時間半以上にも及んだ。

健太くんの父親を見送って職員室に戻ると、私が担うはずだった業務を妙子先生が代わってくれていて、慌てて頭を下げた。

「すみません！　話が長引いてしまって……」

「それはいいけど、大丈夫だった？　あまりにも長いから、そろそろ様子を見に行こうかと園長先生と話してたところなのよ。面談室の前までは一度見に行ったんだけど、健太くんパパが随分と興奮してるみたいだったわね」

基本的に、面談室のドアの鍵と窓は少しだけ開けたままにしている。

さらに、職員はドアに近い場所に座るという決まりがある。

座る位置に関しては上座と下座ということもあるけれど、一番の理由は保護者が逆上しないとも限らないからだ。

「はい。健太くんが家で癇癪を起こすらしくて……」

私がそう切り出すと、妙子先生と園長先生が神妙な顔になる。

さきほど聞いた話を共有すれば、ふたりは相槌を打つようにしていた。

「確かに、年齢的に言えば癇癪自体は珍しくないことだけど、健太くんの性格を考えれば気になるわね。園で過ごす姿からは想像できないし」

妙子先生が眉を寄せ、「優しくて穏やかなイメージだもの」と付け足す。

「はい。ひとまず、園でもしっかり見守るべきだと思うので、健太くんパパにもアプリの備考欄に様子を入力してもらうようにお願いしました」

「それがいいわ。来週の会議で改めて全員に共有しましょう」

真剣な顔をしている園長先生の言葉に、「はい」と返す。

「でも、気をつけてね。健太くんのことはもちろん園でも解決策を考えていくけど、特定の保護者とだけ親しくすると他の保護者から不満やクレームが生まれるかもしれないし、そうでなくても健太くんのご家庭に必要以上に深入りしてはダメよ」

園長先生の言い方は冷たくも思えるけれど、正論だ。

私が受け持っている園児は、他にもたくさんいる。

そして、園児それぞれに問題点や大変なことは少なからずある。

悩んでいるのは健太くんの父親だけじゃないし、園としてはひとりの園児だけにかかりきりになったり深入りしたりすることはできない。

それが家庭内での事情や出来事であれば、なおさらだ。

「とはいえ、園でも暴れるようなことがあれば大変だし、なによりもそんな状況なら健太くんパパはもちろん、健太くん自身もつらいでしょう。園としてできることは協力しましょう」

園長先生の優しい笑みに、ホッと胸を撫で下ろす。

現実を考えれば、園長先生の立場なら教諭に厳しいことも言わなければいけない。

けれど、園長先生は情に深く、なによりも子どもたちのことを考えている。

それを知っているからこそ、きちんと対応してくれるとわかっていた。

妙子先生も「ひとりで抱えちゃダメよ」と声をかけてくれ、私は職場環境に恵まれていることに感謝しながら頷いた。

＊　＊　＊

夏休みはあっという間に過ぎていき、先週にはお盆も明けた。

来週には、二学期が始まる。

誠さんは以前にも増して多忙になり、顔を合わせる時間がぐんと減った。

彼が忙しい原因は、どうやら元川議員の贈収賄事件に関係しているらしい。

あの事件以降、ニュースでは連日関係者について報道されていて、政治家が芋づる式に逮捕されていっている。

しかも、こぞって大物ばかりで、中には大企業の社長の名前まであった。

誠さんは、事件についてはほとんど口にしない。

話してくれるとすれば、ニュースで報道された程度のことだけ。

父を見てきた私は、それが当然のことだとわかっているし、そこに関してはなんの不満もない。

けれど、家にいる時間が短い彼の体調が心配だった。

七月上旬頃には、誠さんが『椛が夏休みに入ったらどこかに出掛けよう』なんて言ってくれていたのに、どこにも行けていない。

お盆にはお墓参りや実家にも顔を出す予定だったけれど、それらも叶わなかった。

「ごめん。来週も都合がつきそうになくて、実家に行くのは無理そうなんだ」

少し遅い時間になった夕食中、彼が申し訳なさそうに切り出した。

一緒に食事を摂れたのは、一週間以上ぶりだ。

朝早くに出て行き、夜遅くに帰ってくる誠さんとは、顔を合わせる時間があればいい方だったから。

「仕事なんだし、仕方ないよ。両親には連絡しておくから、誠さんもご実家に伝えておいてくれる？」

「ああ。俺の都合で変更ばかりさせて、本当にごめん。最近は家事もあまりできてないし、朝食作りまでさせてしまって申し訳ない……」

「そんなのいいよ。私は夏休み期間中だから余裕があるし、誠さんも休みの日には頑張ってくれてるんだから充分だよ」

最近、家事のほとんどを私が担っている。

妻としてできるのは、彼の負担を少しでも減らすことくらい。

だから、『誠さんが落ち着くまでは朝食も私が用意したい』と申し出たのだ。

「正直、すごく助かってる。椛がいなかったら、私生活まで手が回らなかった」

「少しでも役に立ててるならよかった。私も二学期が始まればできないこともあるけど、そこはお互い様って約束でしょ？」

「ああ。ありがとう」

微笑んだ彼に、私もつられて笑みを零す。

キスのせいで気まずくなっていたのは、いつ頃までだっただろうか。

多忙な誠さんを見ていると、それどころじゃなくなって……。うやむやなまま、けれどいつの間にか気まずさも薄れてしまっていた。

「椛は最近どうだ？　もうすぐ二学期が始まるし、忙しいんじゃないか？　俺が言えたことじゃないが、椛だって家事は無理しなくていいから」

「ありがとう。でも、今はまだ大丈夫だよ。ちょっと業務が滞ってるけど、持ち帰るほどじゃないし」

「そういえば、今日は俺よりも帰りが遅かったな」

「あ、それは保護者からの相談に乗ってて……」

「相談？」

小さく頷きながら、ため息が零れてしまう。

健太くんの父親から健太くんのことを相談されて以来、彼は私の出勤日のほとんどの日に幼稚園に来るようになった。

最初は約束を取りつけてくれていたものの、最近は突然やってくることもある。

私もいつでも時間を取れるわけじゃないから、ときには園長先生や妙子先生が対応してくれるけれど、そうすると私の手が空くまで待っているのだ。

事前に連絡が欲しいと何度か伝えているのに、健太くんの父親はフリーランスだから多少は時間の融通が利くのか、『いくらでも待ちますから』と言われてしまう。

しかも、話の内容は毎回同じようなことばかりで、園としては対応に困っていた。

「俺にはよくわからないが、親が頻繁に幼稚園に行くのはよくあることなのか？」

詳細は言えないから『ひとりの保護者がよく相談に来る』とだけ話した私に、誠さんが怪訝な顔をする。

「うちの園では珍しいけど、他の園では毎日来る保護者もいるみたい。あと、その子のパパはシングルだから、悩みも多いんじゃないかな」

「シングルファザーか……」

誠さんが小さく呟き、眉を寄せている。

園長先生は、『二学期になっても状況が変わらないなら、園側から少し距離を取りましょう』と言っていた。

心苦しいけれど、アポなしで来て幼稚園で待たれると困るのも事実。

「守秘義務もあるだろうが、困ったことがあればちゃんと教えて。俺にできることは協力するから」

「ありがとう」

相変わらず優しい彼に、心が温かくなる。

誠さんの気持ちのこともキスのあとの謝罪のことも解決していないのに、彼が多忙な今はまだ話を切り出したくなかった。

二　裏切りの嘘

新学期が始まると、私もどんどん忙しくなっていった。

作品展や遠足などの行事を控え、秋には運動会もあるため、次から次へと決めることが出てくる。

さらには、夏休み明けの園児たちは泣く子も多い。

保護者と長時間一緒に過ごせていた長期間の休みを経たあとの登園では、不安になる子が増えてしまうからだ。

普段は幼稚園に来るのを楽しみにしている子でも、登園拒否をすることがある。

そういう子たちにつられて、何事もなく登園してきた子も泣き出す始末。

年少クラスと比べればまだマシだし、子どもが好きな私にとってはこういう姿も可愛いと思う。

反面、朝はそこに手を取られる時間が長く、業務が滞るのは大変だった。

教諭たちは一丸となって対応するけれど、みんな疲労が溜まっている。

もっとも、これは一時的なことだし、一週間もすれば落ち着くのだけれど。

そして、九月も中旬になった土曜日。

まだ真夏のような暑さの中、幼稚園では作品展が開催された。

園児たちが描いた絵や、クラスごとに作った工作が展示されるというものだ。

私のクラスは海をテーマにしていて、土台になる大きな模造紙を何枚か並べて貼り合わせ、水彩絵の具で青く塗っている。

そこに、画用紙や折り紙で海の生き物を作り、海中を模した。

海の生き物は好きな色で作っていいことにしたため、図鑑を見て本物そっくりのイルカを作る子もいれば、ペンギンをカラフルに塗る子もいた。

どれも可愛くて、園児ひとりひとりの個性が出ている。

教室の半分が埋まるほどの大作で、贔屓目なしにいい作品になったと思う。

作品展にやってきた保護者は、こぞって写真に収めている。

親子で写ったり、子どもだけを撮影したり、『先生も一緒に』と言われることも何度もあった。

園児たちはみんな笑顔で、あちこちで「パパ」や「ママ」という声が響いていた。

そんな中で、健太くんの表情がいつもよりも暗いことに気づく。

父親と祖父母が一緒にいるのに、普段のような明るさはなかった。

「健太くん、もうお写真は撮った？」

声をかけた私に、健太くんの父親たちが「こんにちは」と会釈をしてくる。

私も笑顔で挨拶を返し、健太くんの視線に合わせるようにしゃがんだ。

「うん、パパとおじいちゃんとおばあちゃんととったよ。あと、おともだちとも」

「そっか。健太くん、上手にお魚作れたもんね。どんな風に作ったか、パパたちにも教えてあげてね」

「うん……」

頷いた健太くんが、寂しげな顔で俯いてしまう。

「どうしたの？　おトイレかな？」

あえて明るく訊けば、健太くんが首を横に振った。

「あのね……きょう、ママこられないんだって。おてがみかいたんだけど、きのうのよるにこられないってでんわがかかってきたんだって。ぼく、もうねちゃってて、ママとおはなしできなかったんだ……」

ぽつりぽつりと話してくれた健太くんは、大きな瞳に涙を溜めている。

私は教室内にいた副担任に目配せをし、他の園児や保護者たちの目から隠すように健太くんを連れて端の方に行った。

健太くんの父親たちもついてきて、大人たちで健太くんを囲んだあと、視線を合わせるために腰をかがめた。

「ママが来られないのは残念だったね。でも、ママもすごく残念だと思ってるんじゃないかな。健太くんが作ったお魚、見たかったと思うよ」

「そうだよ、健太。ママはすごく見たかったって言ってたよ。ほら、いっぱい写真を送ろう。ママは絶対に見てくれるから。な？」

すかさずそう言った彼からは、離婚した頃に『健太にはあまり母親のことを言わないでほしい』と告げられていた。

一時期、保護者の間では『離婚理由は母親側の不倫』という噂も出回ったため、そういったことを健太くんの耳に入れないようにしたかったのかもしれない。

けれど、一番は『健太は捨てられたので』という言葉に詰まっていたと思う。

母親が手紙を読んだのかは、私にはわからない。

ただ、健太くんの祖父母の気まずそうな表情を見る限りでは、そもそも手紙は出されていないんじゃないかと感じた。

離婚理由に関しては事実は知らないし、噂をそのまま受け取ってもいない。

いずれにせよ、教諭としては保護者の意向を優先する必要があった。

「ママ、おへんじくれるかな……」

純粋な眼差しでじっと見つめられ、胸がギュッと締めつけられる。

「お返事はパパに送ってくれると思うから、きっとパパが教えてくれるよ。だから、健太くんが作ったお魚の写真、ママに送ってもらおうね」

「うん！」

笑顔の私につられたように、健太くんの顔が明るくなる。

「パパ、もういっかいしゃしんとって！　おさかな、ちゃんととるの！」

「わかったわかった」

健太くんが、父親の手をグイグイと引っ張る。

健太くんの父親は「ありがとうございます」と小声で言い置き、祖父母たちは会釈をしてこの場から離れた。

私も持ち場に戻り、様子を見守る。

健太くんの父親も祖父母も、いつもとても優しくて穏やかな印象だ。

だからこそ、健太くんが母親のことを口にするたび、心を痛めているに違いない。

（健太くん、今日のことが原因で家で癇癪を起こさないといいけど……）

夏休み期間中には困ったこともあったけれど、園長先生が健太くんの父親にやんわりと注意したのを機に、彼が相談に来ることはなくなった。

アプリには毎日健太くんの様子が事細かに書かれているため、父親が本気で悩んでいるのも心配しているのも伝わっている。

けれど、会議で話し合った末、しばらく距離を置いて様子を見ることに決まった。

申し訳ない気持ちもあるけれど、また私から様子を訊いてみようとは思っている。

「椛先生！」

健太くんを見ながら健太くんがたくさん笑っていてくれることを願っていると、役員をしている園児の母親に声をかけられた。

「もしかして結婚したの？」

「えっ？」

「レストランで旦那さんっぽい人と一緒にいるところを見たって保護者がいて、そのときに椛先生が結婚指輪もしてたって聞いたんだけど」

ギョッとしつつも、それを顔に出さないように笑みを繕う。

「えっと……はい、実は……」

「もう、水臭いんだから！　報告してくれたらすぐに保護者からお祝いしたのに、普段は指輪をしてないから気づかなかったじゃない！」

彼女に悪気がないのはわかったものの、一瞬にして注目を浴びてしまった。

「えっ？　椛先生、結婚したんですか？」

「やだ！　全然知らなかった！」

周囲にいた保護者や園児たちがわらわらと集まってきて、私はどうするべきかと必死に頭を働かせる。

「すみません。皆様には、改めてご報告させていただく予定だったんですが……」

平静を装いつつ頭を下げ、無難な言い訳を零す。

「いつ結婚したの？」

「旦那さんはいくつ？」

「あの、そういったことは……」

「あら、ちょっとくらい教えてくれてもいいじゃない」

少し離れた場所にいた健太くんの父親と視線が合い、どこか心配そうな目を向けられた。

けれど、保護者たちをなだめるように言葉を返すことに必死で、気に留める余裕もなく彼から視線を逸らしてしまう。

「椛先生、電話が入ったみたいだから職員室に戻ってくれる？」

そんなとき、教室内に入ってきた妙子先生が私に目配せをした。

「少し職員室にいた方がいいわ。ここはいいから、早く離れて」

こそっと耳打ちされて、助け船を出してくれたんだと察する。

私は彼女に小声でお礼を言ったあと、保護者たちには笑顔で会釈をし、騒ぎから離れるように教室から出た。


十五時になると、作品展は無事に終わった。

妙子先生は他の先生から騒ぎを聞きつけ、助けに来てくれたらしい。

改めてお礼を言うと、『別にいいわよ。でも、保護者はああいう話が好きだからね』と苦笑していた。

終了時刻からは職員総出で片付けに取りかかるのが、毎年恒例だ。

どうにか業務も終わり、園長先生と妙子先生、私の三人ですべての教室の戸締まりの確認を済ませた十九時半頃、来客用のインターホンが鳴った。

「こんな時間に誰かしら?」

園長先生と妙子先生には警戒心が覗き、私もわずかに身構えてしまう。

三人でモニターを確認すると、そこに映っていたのは健太くんの父親だった。

「健太くんパパ……よね？」

「あ、はい。でも、こんな時間にどうしたんでしょう？」

「とりあえず、三人で話を聞きましょうか」

園長先生の疑問に私が答え、妙子先生がそう提案する。

三人で門まで行くと、彼は焦りと不安を混じらせたような顔をしていた。

「こんな時間にすみません。実は、実家に預けてた健太がいなくなったんです」

「えっ？」

健太くんの父親の言葉に、私たちの声が重なる。

私は、思わず園長先生と妙子先生と顔を見合わせるようにしてしまった。

健太くんは、父親のご実家に泊まる予定だったのだという。

ところが、さきほど祖父から『健太がいなくなった』と連絡が入ったらしい。

「いなくなる前に『もみじせんせいにあいたい』と言ってたそうなんですが、ここに来てませんか？」

「いえ……。ちょうど全部屋の戸締まりを確認して回ったところですが、私たち以外にはもう残ってる人はいません」

園長先生が丁寧に説明すれば、彼が落胆を隠さずに肩を落とした。

私は、冷静でいなくてはいけないと思いつつも、健太くんのことが心配でたまらなくなる。

不安と焦りが混じったような感情に包まれ、嫌な汗が出てきた。

「そうですか……。今日はあんなことがあったので、もしかしたらと思ったんですが、さすがにこの暗い中ひとりでここまで来るわけがないですよね……」

園長先生と妙子先生が顔を見合わせたのは、昼間の出来事を共有していたから。

作品展での健太くんの様子を話すために、私は戸締まりの当番ではないのにふたりと一緒に残っていたのだ。

「念のために、もう一度園内を捜しましょう」

園長先生の提案に、妙子先生と私が頷き、健太くんの父親が「ありがとうございます！」と頭を深々と下げた。

園長先生と彼、妙子先生と私の二手に分かれ、園内を捜し始める。

消したばかりの照明をもう一度点けていき、「健太くん」と呼びかけながら各教室や園庭、トイレの個室も回った。

けれど、健太くんの姿はどこにもない。

「やっぱりいないわね」

「いくらなんでも、ここまでひとりで来るでしょうか……」

「私も普段ならそう思うけど……」

妙子先生は私に共感を見せながらも、眉をグッと寄せた。

「子どもって、ときどき大人の想像を超えた行動に出るし、衝動的だったら夜道への恐怖心も薄いかも。健太くんは家で癇癪を起こすみたいだから、今日の一件も考えたらどんな行動に出るかわからないわ」

彼女の言葉に頷きつつ、健太くんが怪我をしたり事故に遭っていたり、もっと最悪なことが起こっていたら……と怖くなってくる。

不安を出さないようにしようとしても、心臓が嫌な音を立て始めたせいでどんどんよくない想像が浮かんできた。

職員室に戻ると、園長先生たちが先に待っていた。

「そっちもいなかったのね」

「はい。どこにも見当たりませんでした」

園長先生に妙子先生が答え、どうしたものかと思案する。

そんなとき、誠さんの顔が脳裏に浮かんだ。

「警察に連絡しましょうか……」

私の言葉に、健太くんの父親が目を見開く。

園長先生と妙子先生は悩んでいる様子だったけれど、園長先生が大きく頷いた。

「そうね。なにかあってからでは遅いし、まずは警察に連絡して――」

「待ってください！　その前に一度家に見に帰ってみます。健太がいなくなったと連絡が来てすぐに家を出てきてしまったんですが、よく考えれば実家から家に戻ってる可能性もあるかもしれないので」

彼が園長先生の声を遮り、強張った面持ちで私を見た。

確かに、そうかもしれない。

幼稚園に来るよりも家に帰る方が、可能性としては高いだろう。

自宅と実家の距離は、大人の足で徒歩五分ほどだと聞いている。

健太くんの父親の話ではここに来るまでに実家に寄ってきたということだから、彼と健太くんが入れ違ったのかもしれない。

「じゃあ、僕は一旦帰ります」

「私も一緒に行きます」

「それなら私が行くわ。椛先生は妙子先生と園で待機してて」

私を制した園長先生の言うことを、普段ならすんなり聞いていたと思う。

ただ、今は昼間に見た健太くんの涙が脳裏に蘇ってきて、居ても立ってもいられなかった。

「いえ、健太くんのおうちには私が。担任ですし、健太くんがおじいちゃんとおばあちゃんに言った言葉も気になりますから……」

健太くんが『もみじせんせいにあいたい』と言ってくれたところを想像するだけで、胸の奥が痛む。

昼間の様子と健太くんの父親の話を聞く限りでは、楽しい意味でそんなことを口にしたのだとは思えないから。

「わかったわ」

園長先生が承諾してくれ、私はすぐに彼とともに家に向かった。

小走りで駆けながら、道のあちこちに視線を遣って健太くんを捜す。

「椛先生、本当にすみません。ご迷惑をおかけしてしまって申し訳ないです」

「そんなこと、今は気にしないでください。まずは健太くんが見つかることを祈って急ぎましょう」

息が上がっていく私の頭の中は、健太くんのことでいっぱいだった。

「椛先生は優しいですね」

ところが、健太くんの父親は人通りがなくなった路地に入った途端に足を止め、そんなことを呟いた。

「私は健太くんの担任ですから、心配するのは当然です」

私も立ち止まり、「急ぎましょう」と促す。

「健太には母親が必要だと思ってるんです」

けれど、彼はその場から動かず、神妙な顔で話し出した。

「やっぱり、父親だけで育児をするのは限界があります。両親に手伝ってもらってても、母親という存在の大きさを痛感するばかりで……」

こんなときになにを言っているんだろう、と内心では思った。

健太くんの父親なりに色々と悩んだり考えたりしているのはわかるけれど、今は悠長に話をしている場合じゃない。

「健太くんのお父さん、今は健太くんを見つけないと――っ」

どうにか諭そうとしたとき、唐突に手首をグッと掴まれた。

「母親は、できれば椛先生のような女性がいい」

「え……？」

血走ったような目がギンと見開かれ、唇はうっすらと歪められている。

見たこともない彼の表情に、自分の顔が強張ったのがわかった。

不安とわずかな恐怖が芽生え、違和感と困惑にも包まれる。

なにかがおかしい……と思ったときには、掴まれた手首を引っ張られていた。

「きゃっ……！」

抱きつかれそうになり、咄嗟にもう片方の腕を伸ばす。

掴まれた手首も引っ込めようとしたけれど、さらに強い力で引っ張られてしまい、体が倒れ込みそうになった。

「やめてください……！」

どうにか両足で踏ん張ったけれど、耐えられそうにない。

大きな恐怖心に覆われた心が絶望に似た感覚を抱き、体が震え始めたとき。

「椛！」

私の名前が呼ばれ、次いで体が後ろに引っ張られた。

健太くんの父親から引き離された私の背中に、ドンッと硬いものが当たる。

「っ……！　誠さん……」

上を向いた私の背後にいたのは、誠さんだ。

彼は、自分の体で私を受け止めるようにしてくれていた。

「椛、大丈夫か？」

「あ……っ……」

背中に感じる誠さんの体温に、力が抜けそうになる。

数秒前までの大きな恐怖心は溶け、代わりに安心感に包まれたけれど……。そのせいで気が抜けたのか、とうとう全身が震え出して足がふらついた。

彼が眉をグッと寄せ、私の体をギュッと抱きしめてくれる。

すると、不思議なほど心が落ち着いていき、程なくして震えも止まった。

「森脇達也《たつや》さんですね？」

私の背後にいる健太くんの父親に、誠さんが声をかける。

一瞬、私は体を強張らせてしまったけれど、誠さんの腕の中にいると思うと大丈夫だと思えた。

息をゆっくりと吐き、彼から離れる。

そのまま振り返ると、健太くんの父親が動揺をあらわにしていた。

「ち、ちがっ……！」

情けなくかすれた声が、静かな路地に落とされた。

「僕はただ、健太に母親を作ってやりたかっただけだ！　椛先生だって健太のことを心配してくれてたし、健太のことになると親身に相談に乗ってくれたじゃないか！

あなたなら健太の母親になれると思っただけで……！」

かと思えば、今度は大声で身勝手な言葉が紡がれていく。

まるで、自分はなにも悪くない……とでも言うように。

誠さんが私からそっと離れ、一歩を踏み出す。

「ひっ……！　来るな！」

すると、怒りを剥き出しにした誠さんの形相に怯んだように、健太くんの父親が背負っていたリュックをこちらに向かって投げてきた。

その時間は、恐らくほんの数秒のこと。

私が身構えるよりも先に飛んできたリュックに、反射的に瞼を閉じる。

「椛！」

すると、誠さんの声が聞こえ、手を引っ張られた。

ドサッと大きな音が鳴ったけれど、私はどこにも痛みを感じなくて……。その代わりとばかりに、全身が温もりに包まれていた。

身じろぐようにして顔を上げると、誠さんが私を庇ってくれたのだとわかり、直後に彼の頬に引っかき傷のようなものができていることに気づいた。

「待て！」

健太くんの父親がこの場から逃げ出そうとしたけれど、誠さんが追いかける。

瞬発力を見せた誠さんは、すぐさま健太くんの父親の腕を掴んだ。

「放せっ！」

「暴れるな。あんたにはまだ訊きたいことがある」

健太くんの父親が誠さんにこぶしを振り上げるのとほとんど同時に、誠さんが華麗に避けて背後に回る。

そのまま健太くんの父親の両手を後ろで掴み、グッと捻った。

「ッ、いたっ！　放せよっ！」

「もう一度言う、暴れるな」

「うるさい！　触るな！　ぎゃあっ……！」

じたばたともがくような健太くんの父親を、誠さんが地面に倒して押しつける。

「俺は警察官だし、あんたの身元はもともと割れてる。逃げようとしても捕まえるのは簡単だ」

冷静に言い放った誠さんに、健太くんの父親はとうとう観念したんだろう。

背中を反るようにして上げていた頭を垂れ、まるでアスファルトにへばりついたみたいに動かなくなった。

「椛先生！」

程なくして、園長先生と妙子先生が走ってきた。

ふたりは息を切らせながらも、この状況を見てなにかを察したようだった。

「大丈夫？　怪我はない？」

「……はい」

震えそうな声で園長先生に答えると、妙子先生が着ていたカーディガンを肩からかけてくれた。

「健太くんのお父さん……いえ、森脇さん。さきほど、あなたのご実家に連絡したところ、健太くんはおじいちゃんとおばあちゃんと一緒にいるとお聞きしました。いったいどういうことですか？」

誠さんが健太くんの父親から離れ、「起きろ」と冷たく告げる。

健太くんの父親は、のろのろと起き上がった。

「僕は悪くない……。椛先生が、結婚なんてするから……」

ぽつりと零された言葉に、私は困惑してしまう。

「椛先生のことは、離婚したときから好きだったんだ……。だから、椛先生がこの男と宝石店から出てきたとき、結婚するのかもしれないと思って……」

混乱する私を励ますように、妙子先生が背中を撫でてくれた。

彼女は、健太くんの父親の腕を掴んでいる誠さんの代わりに私を支えてくれようとしていたのかもしれない。

「椛先生だって、僕が離婚したときに『大変だと思いますが、頑張ってください。私も健太くんの力になれるように頑張りますね』って言ってくれたじゃないか！」

「っ、それは……」

正直、あくまで業務上の会話のつもりだった。

もちろん、健太くんの力になりたいと思ったのも、不安であろう健太くんの様子が心配だったのも、本心ではある。

ただ、それは担任として、そして幼稚園教諭としてのものだ。

「あのとき、健太だけじゃなくて僕のことも心配してくれたんだろ？　この間までだって親身に相談に乗ってくれた！　だから、椛先生と結婚できたらって……」

聞けば聞くほど、身勝手で見当違いの解釈にしか感じない。

その思い込みに、恐怖が込み上げてくる。

肩と唇が震え始めると、妙子先生が「大丈夫よ」と囁いてくれた。

「あなたの言い分は理解しかねます。しかも、どうして健太くんがいなくなったなんて嘘をついたんですか？」

「それは……糀先生がもう結婚したんだって知って……。それで、居ても立ってもいられなくなって……」

きっと、昼間の保護者とのやり取りのことを言っているんだろう。

あのときの健太くんの父親は私を見ているだけかと思っていたけれど、彼の中には別の意図があったのかもしれない。

「せっかく、健太にも口止めして噂にならないようにしたのに……。本当に結婚してしまったら、僕と健太の傍にいてくれなくなる……。だから、どうにか糀先生の気を引きたくて……あんな嘘までついたっていうのに……」

「あんな嘘？　……まさか健太くんが癇癪を起こすという件のことですか？」

園長先生の質問に、健太くんの父親の顔が強張る。

それが答えだと、この場にいる誰もが察しただろう。

ありえない。

ただ一言、そんな風にしか思えなかった。

健太くんに口止めしていた理由も、親切心なんかじゃなくて自己中心的な考えから至ったたけのこと。

その上、自分の子どもをダシにして私を誘い出すなんて……。

「理解はしかねますが、お話はわかりました。ただ、こんなことがあった以上、今後うちでは健太くんをお預かりしかねます」

ショックと動揺で言葉も出ない私の耳に、園長先生の毅然とした声が入ってくる。

けれど、健太くんのことを思えば、今は私も冷静でいなければいけないと自分自身に言い聞かせる。

「それと、ひとまず警察にも連絡させていただきます。椛先生のご主人は警察官ですから、きっとお話も早いでしょう」

「待ってください……」

まだ思考が上手く働かなかったけれど、私は反射的に口を挟んでいた。

「警察に通報したら、健太くんはどうなるんですか？　離婚されてお母さんとも離れているのに、お父さんまで……。警察に連絡する方がいいのはわかりますが、健太くんにこれ以上悲しい思いはしてほしくありません……」

涙が込み上げてきたのは、恐怖心のせいか、健太くんの気持ちを考えたからか。

それはわからなかったけれど、健太くんを悲しませたくないというのは本心だ。

「椛先生……。そういうわけにはいかないでしょう。ご主人は怪我をしてるし、これは傷害事件と言えるわ。あなただって――」

「でも……！」

園長先生を真っ直ぐに見れば、困惑交じりの目を向けられたけれど……。

「わかったわ。今日のところは一旦保留にしましょう。それでもいいですか？」

少しの沈黙のあとで園長先生がそう判断し、誠さんに尋ねた。

「警察官としては複雑なところですが、私の怪我はたいしたことはありませんし、職務中でもありませんので、そちらのご判断にお任せします」

彼の答えに、私はひとまず胸を撫で下ろした。

三　初めて知った彼の本心

あのあと、誠さんの立ち会いのもと、健太くんの祖父母の家に行った。

そこで妙子先生に健太くんを見ていてもらい、園長先生がふたりに健太くんの父親が起こした行動を包み隠さず話した。

私たちが訪ねたとき、健太くんは大喜びしていて……。けれど、すぐにいつもとなにかが違うと察したみたい。

健太くんの祖母に『先生とあっちのお部屋にいてね』と言われると、健太くんは素直に頷いていた。

健太くんのことは気になったけれど、話が終わる頃には眠っていたのが救いだ。

あんなことがあったなんて、子どもは知らなくていいから。

その後、園長先生たちと別れ、私はようやく誠さんと帰宅した。

健太くんの父親の話を聞いてからというもの、後悔でいっぱいになっている。

(私が親身になりすぎた？　そんなつもりはなかったけど、なにか期待させるようなことを言ったのかもしれない……)

どれだけ記憶をたどっても、担任として対応した覚えしかない。

ただ、相手はそう思っていなかったということは、私に不手際があったとも考えられるんじゃないだろうか。

相手に誤解されないよう、変に受け取られないよう、もっと気をつけるべきだった。

園長先生にも、『必要以上に深入りしてはダメよ』と注意されていたのに……。

反省点ばかりが次から次へと浮かんできては、私を容赦なく責める。

仕事を辞めたいとも辞めようとも思ったことはないけれど、幼稚園教諭としての自信がなくなりかけていた。

「椛、これを飲んで。少しはリラックスできるはずだから」

ソファに座って俯いていた私の視界に、見慣れたマグカップが映る。

ほのかに甘い香りと乳白色の液体を見て、すぐにホットミルクだとわかった。

「ありがとう……」

誠さんは優しく微笑むと、私の隣に腰を下ろした。

「あの……」

彼の目を真っ直ぐ見られないまま、それでもなんとか口火を切る。

「ごめんなさい……」

震えそうな声が落ちたリビングが、重苦しい空気に包まれた。

「なんの謝罪？」

色々ありすぎて、なにから答えればいいのかわからない。

「心配をかけたことも、こんなことになってしまったことも……」

「椛はなにも悪くないだろ」

誠さんの声は優しいのに、彼の顔を見られなかった。

「でも……私が上手く線引きできてなかったせいかもしれないから……。園長先生には必要以上に深入りしないようにって言われてたの。こういうことはこの業界でも稀にあるみたいで、別の園で似たような問題が起こったことも知ってたし……」

今思えば、こういったトラブルはどこか他人事だと捉えていたのかもしれない。

保護者とのトラブルに関しては色恋沙汰も少なくはない、と就職した頃に聞いたことがあったのに。

「椛は責任感や後悔からそんな風に思うのかもしれないが、園長先生の話を聞く限りでは椛の対応はあくまで業務上のものだったと感じたよ」

落ち着いた声音は、いつもの誠さんの雰囲気を感じさせてくれる。

ゆっくりと顔を上げれば、彼は私を見つめていた。

「それに、園長先生だって『椛先生はなにも悪くない』と言ってくれてただろ」

園長先生は、健太くんの祖父母に対してこれまでのことを包み隠さずに話した。

健太くんの父親が、嘘をついてまでしつこく園を訪ねてきていたこと。

園長先生や妙子先生が代わりに対応しようとしても、私を待っていたこと。

私の対応は、担任教諭としてのものであったこと。

今夜の出来事まですべて説明すると、健太くんの祖父母の顔は蒼白していた。

『椛先生に過失があったとは思えません。担任として受け持ちの子どもを心配するのも気にかけるのも、当然のことであり責務です。子どものことで相談があると言われれば園側としては拒絶できませんし、親身に対応するのも普通のことですから』

園長先生の態度は毅然としていて、最後には『今後は健太くんをお預かりすることはできません』と伝えた上で、後日改めて話し合いの場が設けられることになった。

「俺に言わせれば、あの人……森脇さんはストーカーの加害者みたいなものだ。同じような言い訳をする犯人を、過去に何度も見てきた」

忌々しい記憶なのか、誠さんの顔が歪む。

双眸には怒りとやるせなさのようなものも覗き、そこには過去だけではなく今夜のことに対する感情も含まれていることに気づいた。

「職務中だったら、確保を口実に腕の一本でも折ってやったのに」

きっと、彼はそんなことはしない。

どんなときでも冷静で、そして理不尽なことを許せない人だと思うから。

けれど、誠さんの中に消化できない怒りがあるのは確かで、それだけ私を心配してくれていたのだというのが伝わってくる。

「でも、どうして……？　あのとき、どうして来てくれたの？」

「ああ……。今日は本当に偶然だったんだ。久しぶりに早めに帰れそうだったし、椛はまだ帰ってないっていってことだったから、幼稚園の近くで待ってるつもりだった」

帰宅が遅くなりそうだったこともあり、私はメッセージを送っておいた。

彼はそれを読んで、久しぶりに外食でも……と思ったのだとか。

帰路にあるお店で食べれば、準備も片付けもしなくていい。

疲労困憊していたこともあって、作り置きを並べるだけでも面倒だったと思うし、普段なら嬉しい提案だっただろう。

そして、私が園内の戸締まりを確認する前には【もうすぐ終わりそう】と連絡しておいたのもあって、カフェで時間を潰していた誠さんは幼稚園に向かってくれた。

「駅で待とうかと思ったが、なんとなく嫌な予感というか胸騒ぎがして……幼稚園の方に行ってみようと思ったんだ」

幼稚園に着いた彼は、門の前にいた園長先生と妙子先生と鉢合わせた。

「椛のことを尋ねて園長先生から状況を聞いたとき、すぐに前に椛が話してた保護者のことが脳裏に過った。正直、俺は幼稚園に関することはよく知らないが、森脇さんが頻繁に相談に来てるというのが気になってたんだ」

眉をひそめる誠さんが、言葉を選ぶように息を吐く。

「ストーカー事件なんかではよくあることなんだが、相手が断れない仕事上のことを口実にして近づこうとしてくるものに似てる気がして……。あけすけに言えば、不信感があった」

彼が話してくれていることは、過去に目にしてきた光景なんだろう。

初めて健太くんの父親の話をしたとき、誠さんが怪訝そうだったことを思い出し、やっぱりもっと早くに対策できたんじゃないか……と思ってしまう。

「だが、ただの刑事の勘で確信はなかったし、外れればいいと思ってた。そもそも、椛の仕事のことに関しては俺はなにもしてあげられないからな」

誠さんは肩を落としてため息をつくと、苦笑を零した。

「園長先生に森脇さんの実家の住所を訊いたとき、もちろん最初は断られた。でも、俺が警察官であることと椛の夫ということで教えてくれたんだ。それで、みんなで椛たちを追いかけることにしたんだが、気づいたら俺だけ走り出してた」

助けに来てくれた彼は、息を切らしていた。

いつもビシッと整っているスーツも髪も軽く乱れ、額には汗が滲んでいた。

あのときの誠さんは、少し暗い街灯の下でも普段とは違っていたのがわかった。

きっと、私が想像するよりも心配してくれていたんだ。

「本当にごめんなさい……。もし、誠さんが来てくれなかったと思うと……」

ぶるっ……と、全身が震えてしまう。

健太くんの父親に手を掴まれたとき、恐怖で足が竦んだ。

大声を出すとか助けを呼ぶとか、頭には浮かんでこなかった。

どうにか離れようとするだけで精一杯で、けれどまったくと言ってもいいほど抵抗はできていなかった気がする。

いくら住宅街とはいえ、人通りの少ない路地。

誠さんが見つけてくれなければ、もっと大きな被害に遭っていたかもしれない。

急にそんな風に思え、数時間前よりもずっと怖くなった。

「椛……」

悲痛交じりの声が私の鼓膜を撫で、次いで体が温かいものに包まれる。

「椛が無事で本当によかった」

噛みしめるように呟かれた言葉に、胸の奥が甘く締めつけられる。

温もりの正体が彼の体だと気づいたのは、その直後のこと。

「っ……」

私は驚きのあまり声も出せずに息を呑み、それなのに言葉では言い尽くせないほどの柔らかな安心感を覚えた。

「誠さん……」

ようやく声になった私を、誠さんがますます強く抱きしめてくれる。

温かくて、ホッとして、嬉しくて……。涙が込み上げてしまいそうだった。

「誠さんに……怪我させちゃったね……」

彼の体から離れるように、そっと胸元を押す。

顔を上げた私は、おずおずと左頬のあたりに手を伸ばした。

「私を庇ったせいでごめんなさい……」

恐らく、リュックのファスナーが当たったんだろう。

まだ新しい傷には血が滲んだ痕があり、生々しくて痛々しい。

「こんなものはかすり傷だ。それよりも、椛に怪我がなくて本当によかった」

傷の傍を指先で触れると、誠さんの瞳が優しい弧を描いた。

けれど、程なくして彼の表情がわずかに歪んだ。

「あのときは、とにかく椛の顔を見るまで生きた心地がしなかった……」

苦しげな声音には、恐怖心や不安が滲んでいた。

いつだったか、父に『警察官はひどい事件を扱うことも多いが、捜一が一番むごい事件が多かった』と聞かされたことがある。

誠さんも、口にするのもおぞましいような事件を扱っていたのかもしれない。

だとすれば、普通の人以上によくない想像をしてしまうんじゃないだろうか。

「こういうとき、警察官は最悪の事態を想像して動いてしまうからな。あんなに怖いと思ったのは、生まれて初めてだった……」

私のそんな予想は、きっと当たっているに違いない。

自嘲気味に笑いながらも険しい顔をした彼を見て、そう感じざるを得なかった。

「私、誠さんに心配や迷惑をかけてばかりだね……」

だからこそ、自分自身に対してやるせなさのようなものが芽生えた。

「お見合い結婚だったし、誠さんは父の手前、私との結婚を断れなかったでしょ。だからせめて、誠さんにふさわしい妻でいたかったのに……誕生日を忘れてたり、こんな風に心配や迷惑をかけたり、挙げ句に怪我までさせてしまって……」

こうして並べ立ててみると、自分の至らなさが情けない。

誠さんに離婚されても仕方ないんじゃないか……とすら思えてきた。

もしそんな風に思われていたら……と考えるととても怖くて、また彼の顔を見られなくなった。

「あの……もし……」

続けるつもりだった『離婚したいと思ったら』という言葉が、喉のあたりでつっかえてしまう。

早く言おうとしても、唇が上手く動かない。

「ちょっと待ってくれ」

沈黙が降りて程なく、誠さんがようやく口を開いた。

恐る恐る顔を上げると、困惑した様子の彼が私を見ていた。

「断れなかったって……。もしかして、椛はずっとそんな風に思ってたのか?」

誠さんは、らしくなく戸惑っているみたいで。私もなにかおかしなことを言ってしまったのかと困惑しながらも、控えめに頷いてみせた。

「違う。そうじゃない。俺はそんな風に思ってなんか……いや、よく考えれば勘違いさせてしまったのは当然か……」

混乱した様子だった彼が、ハッとしたような表情になったあとで項垂れた。

なにがなんだかわからないけれど、私たちの間に誤解や行き違いがあるのかもしれないということはわかる。

今、きちんと話さなければいけない。

そう思ったとき、誠さんが私を見据えた。

「椛。俺はちゃんと椛のことが好きだ」

「え……？」

真っ先に告げられた言葉に、また混乱してしまう。

確かに彼と向き合おうとはしたけれど、『好きだ』と言われても信じられなかった。

「見合いを持ちかけられたときは、確かに断りづらかったというのもあった。だが、それは見合いだけの話だ。次に会うときからは、誘ってたのは俺だっただろ？」

誠さんの言う通り、お見合いした以降のデートはすべて彼が提案してくれていた。

ただ、それでも私は、彼が父の手前そうしてくれているのだと思っていたのだ。

「最初にいいなと思ったのは、見合いの日に仕事の話をする椛を見たときだ。それまではよそゆきの顔だったのが、仕事や園児たちのことを話し始めたら一気に素の表情を見せてくれた気がして嬉しかった」

まだ思考は追いつかないのに、真っ直ぐに気持ちを伝えてくれる誠さんの一言一句を聞き逃したくなくて、必死に耳を傾ける。

「見合いの席では綺麗だなって思ってたが、笑うとこんなにも可愛いんだと知って、そういう顔をもっと見たいと思った。だから、そのまま何度も椛を誘って……焦りもあって、告白をすっ飛ばしてプロポーズをしてしまったんだ」

ただ、彼が恥ずかしげもなく『綺麗』や『可愛い』なんて言ってくれるものだから、冷静になる暇もなく鼓動がドキドキと早鐘を打ち始めた。

私は今、告白をされている。

ようやく、そんなことにも気づいた。

「それに、こんな言い方をするのは失礼だが、九重警視監に俺をどうにかするような力はないし、見合いを断ったとしても出世に響くこともなかった。仮に人事権があったとしても、警視監はそんなことをするような人じゃないだろ？」

結婚する前に佳奈に相談したとき、確か似たようなことを言われた。

彼女は、別に父のことを庇ったわけじゃなく、単純な疑問を口にしただけだったんだろうけれど……。誠さんの言う通り、あの堅物で頑固な父が仮に権力を持っていたとしても、娘の結婚のためにそれを振りかざすとは思えない。

「ちゃんと伝えてなかったのは俺の過失だ。それは本当に申し訳ない。だが――」

首を横に触れれば、彼が私の手をそっと握った。

「俺は九重警視監に言われたから椛と結婚したんじゃなくて、俺が椛に惚れたから結婚したいと思ったんだ」

「本当に……？」

「ああ」

誠さんの真摯な瞳と想いが、私の心を震わせる。

「一生添い遂げるつもりでいたのは、俺だけだったのか？」

胸が苦しいくらいに締めつけられたとき、彼が悲しげに微笑んだ。

「違うよ……！」

慌てて否定すると、誠さんの顔にわずかな安堵の色が浮かぶ。

直後、その目が私をじっと見据えた。

「俺は椛の全部が好きだし、椛以上に大事なものなんてない」

彼の言葉が嬉しい反面、傷つけてしまったことに気づく。

「椛に迷惑をかけられたことなんてないし、椛が短所だと思ってるところだって俺には愛おしいんだ」

それなのに、誠さんは真剣な眼差しで本心を真っ直ぐにぶつけてくれた。

私は咄嗟に首を横に振り、歪み始めた視界の真ん中に彼を映す。

「っ、私だってずっと一緒にいたいと思ってるよ……。だって、誠さんのことが好きなんだから……」

「椛……」

「でも、言えなかったの。もし、父のことがあって結婚してくれたとして、私の気持ちまで押しつけることになったら、負担になると思って……」

込み上げてきた熱をとうとうこらえられなくなって、涙が零れ落ちる。

視界はますます滲んで、誠さんのことがよく見えなくなっていった。

「それに、キスされたときに『ごめん』って言われたから、誠さんにはそんな気はないんだって思って……。気まずくなったのもあるけど、話し合わなきゃって思いながらどんどん先送りにしちゃってたの」

「あれは……違うんだ」

私の手を握る彼の手に、力が込められる。

少しだけ痛かったけれど、そこから誠さんの体温を感じられるのが嬉しかった。

「謝罪をしたのは、梲の同意を得ずにキスしたからで……。それに、あのときは一緒にいたら理性を保てなくなると思って、頭を冷やすために家を出たんだ」

ようやくして、彼がランニングに行った理由がわかった。

そして、謝罪に込められていた気持ちも……。

「実は、九重警視監からは『籍を入れるまで手を出すな』と言われてたのもあって、正直に言うと距離を縮めるタイミングを逃したのもあった。ただ、結婚後には梲の決意が固まるまで待とうという気持ちが芽生えて、それを守ろうと……」

「じゃあ、その……私とそうなるつもりがないわけじゃなかったの？」

「当然だろ」

ずっと不安に思っていたことを尋ねれば、誠さんが即答した。

「俺は梲のことが好きで、結婚したいと思ったから、プロポーズしたんだ。好きな女と一緒に住んでるのに手を出せないなんて拷問のようだったし、常に理性と欲望がせめぎ合ってたよ……」

彼は、私よりも遥かに大人だと思っていた。

想像したくはないけれど、きっと恋愛経験もそれなりにあって慣れている。

大学生時代に子どものような交際しか経験しなかった私と比べなくても、天と地ほどの差があるはず。

そう思っていたのに、今の誠さんにはこれまでの不安や焦り、悩みが覗いている。

彼のことがなんだか可愛く見えて、今までで一番近くに感じた。

「私は、誠さんの妻なんだよ？」

だからこそ、私も素直な気持ちを伝えたい。

「誠さんになら触れてもらいたい。キスだって、その先だって……」

ところが、いざとなると緊張が大きくなって、声が小さくなっていった。

「いいのか？」

「え？」

「それでなくても、椛になにかあったらと思うと生きた心地がしなくて、不安で仕方なかった。今は両想いだとわかって、嬉しくてたまらないんだ」

誠さんの瞳に、熱が混じる。

それがなにを意味しているのか、さすがにわからないわけじゃない。

「そんなときにこんなに可愛いことを言われたら、もう理性を保つ自信はない」

彼のすべてを受け入れたくて、私は頭に響くほどの鼓動を感じながらその視線を受け止めた。

握られたままの手を、おずおずと握り返す。

すると、誠さんの指がそっと絡められていき、その間にお互いの顔が徐々に近づいていった。

彼の息が肌に触れ、直後に唇が重なる。

想いが交わったキスは、泣きたくなるほど幸せだった。

「椛」

一度顔を離した誠さんが、私の背中に腕を回す。

そのまま抱き寄せられ、奪うように唇を塞がれた。

チュッと触れるだけのくちづけが、ゆっくりと繰り返される。

甘く優しいキスは、彼と心が繋がった証のようで喜びが込み上げてくる。

緊張や不安はある。

どんな風に振る舞えばいいのか戸惑ってもいる。

けれど、誠さんにならすべてを委ねたい……という思いもあった。

「ッ……」

触れ合うようなキスにうっとりとしていると、不意に唇を食まれた。

労わるように啄まれて、くすぐったい。

それなのに、不思議な心地よさも感じていて……。彼に触れられるたび、このままずっとこうしていたくもなった。

もっと近くに行きたいような、わがままな欲まで芽生えてくる。

ドキドキしながら大きな背中に手を伸ばせば、誠さんがぴたりと止まった。

(あれ……？　なんかダメだった……？)

不安が大きくなったとき。

「それは反則だろ」

私を抱きしめていた腕は背中に置かれたまま、もう片方の手に膝裏を掬われた。

「きゃっ……！」

体がぐらりと揺れ、突如宙に浮く。

彼に抱き上げられたことを理解するよりも先に、思わず目の前にあった首に腕を回していた。

「そのまま掴まってて」

私の耳元で囁いた誠さんが、自身の寝室に入っていく。

その足取りはいつになく性急で、あっという間にベッドに下ろされた。

ギシッ……と、スプリングが軋むような音が小さく鳴る。

それが生々しくて、今さら怖気づきそうになった。

「椛」

なんて思ったのは、ほんの数秒だけ。

目が合った彼の声が優しくて、すぐにそんな気持ちはどこかに行ってしまった。

「誠さん……」

真っ直ぐに向けられる双眸が、私を愛おしげに見つめている。

そこから誠さんの想いが伝わってくるようで、これまでどうして気づけなかったんだろう……なんて思ったくらい。

すれ違っていた時間がもったいなく思えて、だからこそ胸の中にある私の本心を伝えなくてはいけない気がした。

「好きです……。ちゃんと言えなかったけど、いつの間にか好きになってたの……」

「うん」

彼の瞳が、緩やかな弧を描く。

幸せだ、と語っているようだった。

頬をそっと撫でられ、端整な顔がゆっくりと近づいてきて。それがキスの合図だともうわかっている私は、自然と瞼を下ろしていた。

唇がそっと重なり、やんわりと食まれる。

またあの心地よさに包まれて、緊張も不安も静かに溶けていった。

吐息が触れる距離で繰り返されるくちづけは、ずっと続いてほしいと思うほどに優しくて。頬にあった大きな手が髪を撫で始めると、穏やかな安堵感に包まれた。

チュッ、チュッ……と小さく鳴るリップ音が、鼓膜に反響している。

そのさなか、わずかに開いていた私の唇の隙間から熱い塊が押し入ってきた。

「んっ……！」

思わず閉じていた瞼を開けば、熱っぽい視線とぶつかる。

眇めるようにされた目が色っぽくて、けれど見られていると思うと恥ずかしくて、再び瞼をギュッと閉じてしまった。

熱いものは誠さんの舌だと、すぐに気づいた。

戸惑う私に反して、彼のキスは止まらない。

歯列を舐め、頬の裏や顎をたどって。私の口腔をくまなく撫で、最後に舌が捕らえられた。

「んぅっ……！」

息が苦しくて、鼓動が跳ね上がる。

反射的に顔を背けようとすると、逃がさないと言わんばかりに顎を掴まれた。

私の口内を我が物顔でうごめく舌に、確実に支配されていく。

呼吸は、相変わらず上手くできないまま。

それなのに、下腹部のあたりから込み上げてくる熱が、体が悦んでいることを突きつけてくるみたいだった。

脳がクラクラと揺れて、眩暈がする。

そんな私をさらに追い詰めるように、髪を撫でていた誠さんの手が少しずつ下りていき、鎖骨をたどってその先にある膨らみに触れた。

「ぁっ……」

吐息交じりの声が漏れ、静かな室内に響く。

信じられないほど甘ったるくて、恥ずかしくてたまらない。

上がり始めた体温を凌ぐほどの熱が、頬に集中した。

どうすればいいのかわからなくて、それでも彼を受け入れることだけを考える。

「大丈夫。椛が怖いと思うようなことはしない。ただ、深くまで愛するだけだから」

すると、彼が優しく囁いてくれた。

目が合った誠さんは、柔和な笑みを浮かべていた。

瞳にある熱は冷めていなくて、確かな欲を感じるのに……。それ以上に私を大切にしようとしてくれているのが、ちゃんと伝わってくる。

私からも、小さな笑みが零れた。

それが合図だったかのように、何度目かわからないキスが贈られる。

その間にブラウスが捲られ、キャミソールの下から骨ばった手が入ってきた。

私とは違う男性らしい手のひらが下腹部を撫で、ウエストラインをたどる。

ゆっくりと上がってきた彼の手が、下着越しの胸に触れた。

初めての感覚と、言いようのない羞恥と、胸いっぱいの幸福感。

色々なものがない交ぜになって、体が優しく溶かされるにつれて思考がぐちゃぐちゃになっていく。

お互いに一糸纏わぬ姿で誠さんを迎え入れたときには、言葉にできないほどの幸せの中で涙が零れた。

「椛っ……！」

「……誠さん……っ！」

甘くて優しい声音に呼ばれるたび、快感と多幸感で満たされていく。

胸の奥が戦慄くほどの大きな想いも、甘くて切ない痛みも、どうしようもないほどの熱も……。

全部が愛おしい。

彼の腕の中で、私は愛される喜びを感じていた――。


心地よい微睡みの中、大きな手が髪を撫でてくれている。

温かくて優しい感覚に安堵感と幸福感で満たされて、ずっとこのままでいたい。

そんな気持ちでいると、左肩のあたりにくちづけられた感覚がして瞼を開けた。

「あ、悪い。起こしたか」

「ううん、うとうとしてただけだから。誠さんが髪を撫でてくれるのが気持ちよくて、寝ちゃいそうだったけど」

ふふっと笑えば、柔和な眼差しで私を見つめていた誠さんの顔が近づいてくる。

目を閉じれば、唇がそっと重なった。

まだ恥ずかしさやくすぐったさもあるのに、今は彼に甘えたくて仕方がない。

そんな気持ちに背中を押されるように、逞しい腕におずおずと触れてみる。

すると、左側の肩から上腕の半分ほどまで傷跡があることに気づいた。

そういえば、さきほど見た誠さんの肢体にはいくつかの古傷が刻まれていた。

刺されたようなものや、テレビで観たことがある銃創痕のようなもの。

どれも痛々しくて、それだけ彼が過酷な事件を潜り抜けてきたのだと思う。

そのときには気づかなかったけれど、中でもこの腕の傷が一番痛そうに見えた。

「大きな傷跡……」

「ああ。それは六年前の事件のときに――」

「六年前？」

誠さんの声を遮ってしまうと、彼がしまった……と言わんばかりに眉を下げた。

気まずそうな顔に、なにかバツが悪いことでもあるんだろうかと思ったとき。

「いつか話そうと思ってたんだが、まあいい機会か」

誠さんがひとりごち、困り顔で微笑んだ。

「六年半くらい前、ある幼稚園にナイフを持った男が侵入した。男はコンビニで金を盗んで追い詰められた末に、たまたま通りがかった幼稚園に目をつけ、中にいた園児や教諭たちを人質に立てこもったんだ」

それは、よく知っている話。

思い出したくもない恐怖と不安とともに、無理やり押し込めていた記憶がまざまざと蘇ってくる。

「当時、捜一にいた俺は、先輩と現場に急行した」

「……その現場は、よつば幼稚園？」

私は問いかけながらも、彼の答えを聞く前にもうわかっていた。

「ああ」

「あの事件のとき、助けに来てくれた刑事さんは誠さんだったの？」

小さく頷いた誠さんが、眉を下げる。

「でも、完璧に助けることはできなかった。俺の判断のせいで、人質の女性教諭に怪我を負わせてしまったんだ……」

瞳に大きな後悔を滲ませる彼を見て、ハッとする。

あのとき、謝罪をしてくれた刑事さんがいた。

とても申し訳なさそうに、『自分のせいだ』と言っていたと思う。

助けてもらった安心感と緊張の糸が解けたせいか、私はあの刑事さんの顔をちゃんと見る余裕がなくてよく覚えていなかったけれど……。

「誠さんが手当てをしてくれた刑事さん……？」

今この瞬間、あの男性が誠さんだったことを確信した。

「ああ。椛は覚えてなかったみたいだが、俺は椛のことをずっと覚えてたし、本当は見合いの日が初対面じゃなかったんだよ」

思いもしなかった種明かしに、目を真ん丸にしてしまう。

けれど、あのときに手当てをしてくれた刑事さんが彼だったと知って、胸が詰まるような感覚でいっぱいになった。

「っ……嘘……」

「本当だ。だから、九重警視監に椛との見合いを打診されたとき、椛がどうしてるのか気になって受けたんだ。まさか、すぐに好きになるとは思わなかったが」

照れくさそうな誠さんに反し、私はまだ驚きを隠せない。

直後、すぐにハッとしてベッドから飛び出そうとした。

「椛？」

「えっと、ちょっと待ってて。あ、でもこっちは見ないで！」

自分が裸だったことを思い出し、誠さんの頭まで布団をかける。

くぐもったような声で「うっ……」と小さく呻いた彼は、それでも大人しく私の言う通りにしてくれるようで、じっとしている。

私は全裸のままベッドから抜け出し、自室へと急いだ。

適当に取った下着とワンピースタイプのルームウェアを纏い、チェストの一番上の引き出しの奥から大切にしまっていたハンカチを出す。

ネイビーの生地に、右端にブランドのロゴとストライプ模様が入ったそれは、六年以上前からずっと私の手元にあったものだ。

再び急いで誠さんの寝室に戻ると、ノックも忘れて飛び込んだ。

彼は裸のまま起き上がり、ヘッドボードに背中を預けながらこちらを見ていた。

「あのね、これ……！」

興奮している私に、今度は誠さんが目を見開く。

「こんなもの、まだ持っていたのか」

「捨てられるわけがないよ。ちゃんとお礼が言えなかったのが心残りで、いつかあの刑事さんに会えたらハンカチを返してお礼を言いたいと思ってたんだから」

「そうか」

「刑事さんが来てくれたとき、すごくホッとしたんだ。ずっと怖くて泣きそうだったけど、子どもたちを守らなきゃって気を張ってて……。だから、誠さんが手当てをしてくれたとき、もう大丈夫なんだって思って気が緩んで涙が止まらなくなったの」

今でもときどき、あの事件を思い出して怖くなるときがある。

けれど、私を手当てしてくれた優しい手を思い出せば、いつも心を強く保てた。

「あのとき、助けに来てくれてありがとう」

「いや……犯人から守れなくてすまなかった。傷、残ったんだな」

私の左肩から上腕に、彼がそっと触れる。

そこには数センチほどの薄い傷跡があるけれど、私は笑顔で首を横に振った。

「ううん。こんなの平気だよ。それに、あの日の刑事さんは、私にとってヒーローみたいだったの。だから、そんな顔しないで」

「椛……」

慈しむように傷跡にくちづけられ、鼓動が小さく跳ねる。

「さっき、椛になにかあったらと思うと、これまで自分が怪我をしたときよりもずっと怖かった。でも、これからも絶対に俺が守るから」

誠さんの真っ直ぐな想いを受け、とても愛されているのだと実感する。

私が小さく頷くと、彼がまるで誓うように唇にキスをくれた。

四　伝え切れない愛情

誠さんと想いが通じ合ってから、一週間。

十月に入り、太陽は夏の日差しを忘れたように一気に涼しくなった。

朝夕は肌寒い日も増え、秋に入ったことを実感している。

「おかえり」

「ただいま」

先に帰宅していた私が出迎えると、誠さんが流れるように唇を塞ぎにくる。

あの日以降、『おはよう』や『おやすみ』、『いってらっしゃい』や『おかえり』のタイミングでキスをするのが日課になっていた。

「いい匂いがする」

「今日は焼きそばにしてみたの」

「どうりでソースの匂いがすると思った」

「ホットプレートで焼いてるところなんだけど、もうできるよ」

彼が駅に着いたタイミングで作り始めたため、焼きそばは完成間近だ。

リビングからは、入れたばかりのソースの香りが漂ってくる。

「じゃあ、急いで着替えてくる」

もう一度キスを交わしたあと、誠さんは洗面台に行き、私はリビングに戻る。

ホットプレートの温度を下げておいたおかげで焼きそばは焦げることもなく、あとは仕上げをすればいいだけになっていた。

「この匂いを嗅いだら、余計にお腹が空いてきた」

「ふふっ。ちょうどできたから早く食べよう」

「ああ」

私の向かい側に腰を下ろした彼に、麦茶を注ぐ。

ふたり仲良く「いただきます」と声と手を揃え、焼きそばを取り分けた。

「こういうの、いいな。ひとりだとフライパンで作って終わりだから」

「そうだね」

「わざわざホットプレートで作ってくれてありがとう」

「ううん。私がやりたかったの」

結婚祝いに佳奈からもらったホットプレートは、今日初めて使った。

平日はお互いに忙しいし、晩ご飯をゆっくり食べることは少なく、誠さんは土日にも仕事がある。

そんな生活では、ホットプレートを使うタイミングがなかったのだ。

だからこそ、ようやく使えるときが来たことが嬉しい。

「今度は焼肉もしたいね」

「いいな。ちょっといい肉でも買おう」

「うん。あと、たこ焼きもしてみたい」

このホットプレートには、たこ焼き用のプレートも付いている。

私は、密かにそれを使うのが楽しみだった。

「そういえば、家でたこ焼きをした記憶ってないな。……いや、子どもの頃に友達の家でしたか」

「そうなんだ。実は、私も家ではたこ焼きを作ったことはないんだよね。おばあちゃん家では何度かしたことがあるんだけど」

他愛のない思い出話をしながら、近いうちにたこ焼きをしようと決めた。

「最近はホットプレートの料理も色々なレシピがあるし、これからの時期はお鍋もおいしくなるし、楽しみだね」

「そうだな」

こんな風になにげない約束ができることが、とても幸せだと思う。

たとえば、旅行やデートの予定を考えるのも楽しいに違いない。

けれど、家でふたりだけで過ごす時間のことを話すのは、家族であるということを当たり前だと思わせてくれて嬉しかった。

「おいしくて食べすぎた」

「私も……いつもは一人前しか食べないのに。お腹いっぱいで苦しいくらいだよ」

豚肉と野菜をたっぷり入れ、そばは三人前にしたのに、楽しい会話のおかげでふたりで綺麗に平らげてしまった。

残りはオムそばにしてもいいな、なんて思っていたのに見る影もない。

「お土産にアイスを買ってきたんだが、無理そうなら明日にでもするか」

「えっ、本当に？　ありがとう！　お風呂から上がったら食べたい」

すかさず答えれば、誠さんがクククッと笑う。

「お腹が苦しいんじゃなかったのか？」

「……デザートは別腹だから」

少しだけバツが悪くなった私に、彼がまた笑う。

こんなに楽しそうな姿は、想いを伝え合うまで見たことがなかったかもしれない。

だからこそ、少しでも気を許してくれるようになったんだと思うと、喜びを抱かずにはいられなかった。

私とお風呂に入りたがる誠さんから逃げたのは、二時間ほど前のこと。

最近、『一緒に入らないか？』と誘われることが多くて……。けれど、恥ずかしさに勝てない私は、必死になって断っている。

（そりゃあ、夫婦なんだからいつかは一緒に入るのかもしれないけど……まだハードルが高いよ）

未だに、キスも少しだけ緊張する。

徐々に慣れてきたつもりでも、やっぱり挨拶代わりですらどこか照れくさい。

私からすれば、一緒に眠るようになっただけでも大進歩なのだから、彼とお風呂に入るのはまだ待っていてほしかった。

「椛、おいで」

部屋から枕を持ってきた私に、誠さんの瞳が優しい弧を描く。

私は「お邪魔します」と言って、彼のベッドに入れてもらった。

「毎日一緒に寝てるんだから、もうここに置いておけばいいのに」

「そうだけど……なんだか、その……」

セミダブルサイズのベッドに、ふたり分の枕。

甘さを感じる光景にはまだ慣れなくて、くすぐったくて恥ずかしい。

そんな理由で、私は毎晩自室から枕を持ってきて、朝になったら自分のベッドに戻している。

そして、誠さんにいつも同じことを言われるのだ。

「そろそろベッドを買い替えたいな」

「えっ？」

考えてもいなかった言葉にきょとんとすると、含みのある笑みを返された。

「これからはずっと一緒に寝るだろうし、セミダブルだとさすがに狭いだろ？」

「そ、そうかな？」

「俺がでかいから、椛が苦しいんじゃないか？」

「そんなことないけど……」

一緒に眠るのは、まだとても緊張する。

反面、彼に抱きしめてもらえると安心感もあって、距離が近くなるのも嬉しい。

正直なところ、大きなベッドで寝ることによって体の距離が離れるのなら、寂しくなりそうだった。

「いや、やっぱり狭いだろ」

けれど、誠さんは不満らしい。

お互いの家から持ってきたベッドは、それぞれセミダブルとシングルだ。

私のベッドは狭いため、ふたりで眠るのは窮屈だろう。

ただ、セミダブルの彼のベッドなら、広くはなくても問題はない。

「子どもが生まれたら変わるかもしれないが、ダブルかクイーンくらいは欲しいな」

「っ……子ども……？」

子どもという言葉にドキッとすると、誠さんが意味深な視線を寄越した。

「ああ。それに、ベッドが広い方が椛を思う存分抱ける」

スッと目を眇められ、鼓動が跳ね上がる。

色っぽい視線とそこに覗いた熱に、彼とのキスやその先を思い出してしまう。

誠さんの体温だけじゃなく、素肌や激しさももう知っているせいか、胸が苦しくなるくらいドキドキさせられた。

「椛はどう思う？」

「どう、って……？」

ギシッとベッドが軋み、半身を起こした彼が私に覆い被さってくる。

真上から見つめられて、思わず目を逸らしてしまった。

「今よりもっと激しくなるのは嫌か？」

「っ……！　私は、その……充分っていうか……」

「そう？」

誠さんの声色が、どんどん楽しげな雰囲気になっていく。

それに比例するように私の鼓動が大きくなって、頭まで響いている。

羞恥心でいっぱいで彼の顔を見られない中、ふと変な想像が脳裏を過った。

（あれ……？　もしかして、誠さんは満足してないのかな……）

いい歳して最近まで体はまっさらだった私と違って、誠さんにはそれなりの経験があるだろう。

中には、百戦錬磨のようなテクニックを持った女性だっていたかもしれない。

そんなことを考えて、急に不安になった。

「もしかして、誠さんは……あの、満足してなかったりする……？」

「は？」

「こんなこと訊くべきじゃないのかもしれないけど、私は元カノさんたちのような経験とかないし、誠さんが物足りないんじゃ……」

恥ずかしさを忘れて誠さんを見れば、彼は意表を突かれたような顔をしていた。

一拍置いて、誠さんがふっと瞳を緩める。

「そんなわけないだろ。俺はちゃんと満足してるし、椛を抱くと気持ちいいよ」

「気持……っ！」

「でも、本音を言うと、もっと抱きたい」

「えっ……」

「今まで我慢してた分、いくら抱いてもまたシたくなるんだ。たぶん、椛が今まで以上に可愛く見えて仕方がないせいだろうな」

低い声で甘く囁かれて、心臓も思考も爆発してしまいそうだった。

恋愛経験値が低い私には、色気たっぷりの彼は刺激が強すぎる。

顔に集まっていた熱が全身にも広がっていき、下腹部がきゅうっとなった。

「椛はそんな風に思うことない？」

「ッ……」

恥ずかしくて、泣きそうで、逃げるように布団を頭のてっぺんまで被る。

誠さんがクッと笑ったのがわかったけれど、今夜はもうこのまま布団の中に立てこもってしまいたかった。

「椛。顔を隠されると寂しいんだけど」

ところが、彼が急にあまりにも寂しそうな声を出したものだから、私はうっかり顔を覗かせてしまった。

ハハッ、と誠さんの笑い声が響く。

かあっと頬が熱くなった私が再び立てこもろうとすると、彼が一瞬早く私の手を取って唇を塞いだ。

「んっ……」

甘ったるいくちづけに、拗ねかけていた気持ちなんてどうでもよくなってしまう。

ほんの数秒で陥落した私は、素直に誠さんのキスを受け入れていた。

唇を徐々に強く押しつけられ、口内に舌が侵入してくる。

熱い塊に自分の舌が捕まってしまえば、あとはもうされるがまま。

たった一週間で、彼は私の弱いところをたくさん見つけた。

私が啼き声を上げる場所を絶妙に責め、とろとろに溶かしてくるのも、きっともうお手の物。

今夜も誠さんに追い詰められた私は、そのまま彼の腕の中で眠りに就いた。

＊　＊　＊

翌日の土曜日には、午後から誠さんとよつば幼稚園に向かった。

理由は、先日の一件について話し合いが行われるから。

彼は私の夫として、そして軽傷とはいえ怪我を負わされたこともあり、先方も園長先生が提案した同席を認めざるを得なかった。

あの日、誠さんが真っ先に私のもとに駆けつけてくれたのは、園長先生から事情を聞いたから。

とはいえ、守秘義務がある中で、園長先生が安易に話すとは思えなかった。

けれど、立てこもり事件を担当した警察官であったことはもとより、彼はその後の一年ほどは幼稚園に様子を見に来たり園長先生と連絡を取ったりしていたのだとか。

あの夜にそのことも聞き、園長先生が誠さんに経緯を話した理由に納得できた。

「ご連絡をいただいたときは驚きましたが、まさかそんなことが……」

話し合いは十四時からだけれど、先に健太くんの母親だけに来てもらった。

挨拶も程々に事情を伝えた園長先生に、彼女は青ざめた顔で言葉を失っている。

「現在、健太くんには幼稚園をお休みしてもらっています」

「えっ……？　そんな……。じゃあ、健太は今、ずっと家にいるんでしょうか？」

「お父さんのご実家にいるようです。私たちも本意ではないのですが、健太くんのお父さんのことを信頼できない以上、園では受け入れられません。健太くんのことは大切ですが、うちの園児は健太くんだけではありませんから」

「そう、ですよね……」

健太くんの母親は最初こそ信じられない様子だったけれど、少ししてから静かに切り出した。

「実は、健太の父親はいわゆるモラハラで……彼の両親にも厳しく当たられていたせいで私は産後うつを発症してしまい、それを機に心療内科に通院してるんです」

最初に語られたことは、私たちが一切知らなかった事情だった。

「離婚の時期には症状がひどかったのもあって、親権を持たせてはもらえませんでした。しかも、私が不倫したなんて身に覚えのないことでも責められて……」

彼女の話を聞いて、園長先生と妙子先生と私は顔を見合わせる。

「でも、大人しく離婚に応じれば健太には会わせてくれるという約束だったんです。それなのに、幼稚園の行事については教えてもらえない上、私から連絡をしても返信もほとんどなくて……。たまにかかってくる電話では罵倒されたり……」

「健太くんのお母さんを疑うわけじゃないのですが、本当にそんなことが……？」

私と同じく困惑した様子の園長先生に、健太くんの母親が大きく頷いた。

「はい。月一の面会もなにかと理由をつけて断られ、三か月に一回ほどしか会わせてもらえていないんです」

健太くんの父親は温厚で、人当たりがいい。

行事にも積極的に参加してくれ、昨年は役員も率先して請け負ってくれていた。

先日の一件がなければ人のいいイメージが強く、信じられなかっただろう。

けれど、彼の本性を知った今なら、ありえないことじゃないと感じてしまう。

なによりも、目の前にいる健太くんの母親が嘘を言っているとは思えなかった。

「ですから、健太の様子もなかなか知ることができなくて……。連絡しても話もさせてもらえないので、ときどき手紙を送ってたんですが、たぶん健太に渡してはいないんでしょうね……」

「あの……先日の作品展で、健太くんは『ママに写真を送る』と言って、お父さんにスマホで撮ってもらってたんですが……。あと、手紙も書いたと……」

私が控えめに切り出せば、彼女が首を力なく振る。

「写真どころか、作品展の日程も知らされてません……。手紙も……」

予想通りの答えが返ってきたとき、胸が詰まった。

「少ないですが養育費の支払いもしてますし、面会だけでもさせてもらえないかと何度も訴えたんですが、まともに取り合ってもらえなくて……。ですが、元夫の両親は地元で顔が利くので周囲はあちらの味方で、私は相手の言う通りにしかできず……」

健太くんの母親はもちろん、健太くんの気持ちを思えばやるせなくなる。

作品展の日に傷ついて泣いていた健太くんの顔が、脳裏に過った。

「ただ、こんなことになった以上、あちらに健太を任せておきたくありません。裕福な暮らしはさせてやれませんが、今はきちんと正社員で働いてます。健太を養っていくことはなんとかできると思うので、親権を取り戻したいんです……!」

彼女の真っ直ぐな目を見る限り、やっぱり嘘だとは思えない。

さらには、健太くんの父親とのメッセージのやり取りや電話の録音も確認させてもらったことで、母親側の言葉には信憑性があると確信を持てた。

園長先生と妙子先生、そして誠さんも、私と同意見だった。

「ご事情はわかりましたが、残念ながら園としてはご家庭の事情にまで介入できません。ただ、私の古い友人に弁護士がいますので、もしよろしければご紹介します。無料というわけにはいきませんが、できる限り力になってくれると思います」

「本当ですか？　実は、弁護士さんに依頼しようにもまだ余裕がなくて……。ですが、健太と一緒に暮らせるのならなんとかします。ぜひお力を貸してください」

「ええ、もちろんです」

健太くんの母親は、弁護士を紹介すると言った園長先生を見つめ、涙ながらに「ありがとうございます」と頭を下げた。

その姿を見て、あの日の園長先生の判断は正しかったんだ……と思う。

実は、『健太くんの今後のことも踏まえてお母さんにも同席してほしい』と園長先生が申し出たところ、父親も祖父母もどうにも歯切れが悪かった。

園長先生はそのことを怪訝に思い、先に母親だけを呼ぶことに決めたのだ。

こうしていなければ、私たちは事情も知らないまま話を進めることになって、健太くんにとっての最善にたどりつけなかったかもしれない。

そうならなかったことへの安堵感とともに、私の中でひとつの決意が固まった。

どうにか一通りの話が済んだ頃、父親と祖父母がやってきた。

健太くんは、別室で妙子先生が見てくれることになっている。

私は久しぶりに会う健太くんにいつも通りの笑顔を向け、「あとで先生ともお話ししようね」と約束をして、妙子先生と頷き合った。

「このたびは愚息が大変申し訳ございませんでした。慰謝料や治療費はお支払いしますので、どうか今回の件は内密にしていただけませんでしょうか。私たちは代々この土地に住んでいるので、このことが近所に知れ渡ったら困るんです……」

開口一番、頭を下げたのは祖父だった。

健太くんのことよりも、自分たちの立場を気にする物言いに嫌悪感を抱く。

両隣にいる誠さんと園長先生も私と同じなのか、表情が強張ったのがわかった。

「こちらとしては、椛先生もご主人も慰謝料などは求めていません。幸い、椛先生に怪我はありませんし、未遂という言葉はふさわしくありませんが、かろうじて暴行されたわけではありませんので。ただ、だからといってムシがよすぎませんか」

園長先生の毅然とした態度に、父親たちの顔が青ざめていく。

「場合によっては弁護士を入れることも考えております し、最初に申し上げた通りあんなことがあった以上、今後は健太くんをお預かりすることはできません」

「待ってください！　こんな時期に転園なんてことになれば、周囲からどう思われるか！　引っ越すわけでもないのに……。今後の送迎や行事のことはすべて私と妻がや

ります し、息子は行事に参加できなくても構いませんから考え直してください！」

身勝手なことしか口にしない祖父は、自身の保身しか頭にないのだろうか。

悔しさが込み上げてきたとき、健太くんの母親が口を開いた。

「いえ……。元夫がしたことを考えれば、園長先生がおっしゃることは当然です」

「お前は黙ってろ！　出て行った分際で意見などするな！」

「そうだ！　お前が父さんに意見するんじゃない！」

彼女の言葉に、祖父と父親が怒りをあらわにする。

健太くんの母親は体を跳ねさせたけれど、すぐにこぶしを握りしめた。

「いいえ、今日は黙りません。あなたたちとはもう関係なくても、私は健太の母親です！　今までのようにあなたたちの言いなりになると思わないで！」

彼女に反論されるのは、予想外だったのだろう。

健太くんの父親も祖父母もたじろぎ、二の句を継ぎ損ねたようだった。

ここまで黙っていた私は、意を決して深呼吸をした。

「私は、このまま健太くんをうちでお預かりしたいと思ってます。もちろん、私の一存では決められませんが、担任として意見を言わせてください」

あの夜の恐怖心を思えば、できればもう健太くんの父親とは関わりたくない。

けれど、大人の事情に子どもは関係ないし、巻き込むべきじゃないとも思う。

「健太くんは年少のときからうちの園に通っていますし、卒園まであと半年もありません。ここで転園させるのはかわいそうじゃありませんか？　健太くんに非はないですし、私はなによりも健太くんの気持ちを優先してあげたいです」

だからこそ、ずっと胸の奥底にあった本心を紡いだ。

「椛先生……」

園長先生が眉を下げ、困ったように私を見ている。

反して、誠さんは微かに笑みを浮かべた。

まるで、私の気持ちを知っていたかのように……。

沈黙が降り、場の空気がますます重くなっていく。

「では、こういうのはどうでしょうか」

そんな中、園長先生が覚悟を決めたような顔つきになった。

「健太くんの気持ちや環境を一番に考えて、健太くんはこのままうちでお預かりします。ただし、送迎など園に関わることはお母さんにしていただき、お父さんやお父さん側のご実家は園への出入りを一切禁止とさせていただきます」

「そ、そんな……！　僕は健太の父親ですよ！」

「ええ、そうですね。ただ、今回の件はすべてお父さんがなさったことが原因です。ですから、条件を呑んでくださるのなら、健太くんはこのまま卒園までいていただいて構いませんが、これ以上の譲歩はいたしません」

「それは……」

「そして、もうひとつ。椛先生のご主人は警察官ですが、うちとは少しばかりご縁があります。そういったことも踏まえて、今回は大ごとにしないと言ってくださいました。ただ、だからといって椛先生への危害を許されたわけではありません」

園長先生がそう言ったのを機に、誠さんが「申し遅れました」と切り出す。

「警視庁捜査第二課の水無瀬と申します」

彼は名刺入れを出し、健太くんの父親と母親、祖父母に一枚ずつ渡した。

「今回の一件に関して、私は森脇達也さんを許しておりません。あくまで、健太くんのことを一番に考えている妻の気持ちを優先しただけです。ですから、念のために怪我の診断書は取り、訴える準備もできております」

健太くんの父親を見据えて淡々と話す誠さんに、室内の空気が冷たくなった。

彼の怒りはそれほどまでに強いのだろう。

にもかかわらず、私の気持ちに寄り添った決断を下してくれたことに感謝が込み上げてきた。

「森脇さんはれっきとした加害者で、今後訴えるかどうかの権利はこちらにあることを忘れないでください」

「ちがっ……！　本当にもうしません！　あのときは魔が差しただけで……！」

顔面蒼白になった健太くんの父親がソファから下り、床に這いつくばる。

「すみません、すみませんっ……」

プライドを捨てて土下座する姿は、今までの彼からは想像がつかない。

ただ、自分よりも強いであろう相手にはこれほどまでに弱気になるのか……という呆れとともに、嫌悪感がより強くなった。

あれほど強気だった祖父は、誠さんの職業を知った瞬間から目を伏せている。

その様子から察するに、健太くんの父親は誠さんが警察官であることを話していなかったんだろう。

父親側は、もうなにも言えなくなったようだ。

「ご納得いただけるようでしたら、近日中に弁護士同席のもと、念書を交わしていただきます。それでよろしいですか？」

「はい……。本当に申し訳ありませんでした……」

園長先生の言葉に、健太くんの父親は目に涙を溜めながら力なく項垂れた――。

帰宅後、ふたりしてソファに座り込んだ。

ため息が揃い、思わず顔を見合わせたあとで安堵交じりに笑い合った。

「付き合わせてしまってごめんね。でも、力を貸してくれてありがとう」

「謝罪もお礼もいらない。俺が椛の傍にいたかっただけだから」

誠さんが最後の方にしか話さなかったのは、園長先生と私の意思と意見を尊重してくれるつもりだったからだ。

彼は、あくまでフォローに徹するつもりだったに違いない。

「でも、誠さんがいてくれたから、健太くんのことを決心できたんだ。だから、本当に感謝してるの」

健太くんを引き続き預かることに関しては、あの日からずっと悩んでいた。

もちろん、園長先生が承諾してくれなければどうすることもできなかったけれど、たとえ園長先生の結論がどうであっても自分の気持ちを伝えておきたかった。

その反面、本当にこんなことを言ってもいいのか……と問い続けていたのだ。

よつば幼稚園にいる園児は、健太くんだけじゃない。

担任として健太くんのために最善を尽くしたくても、他の園児たちのことも考えれば幼稚園としての最善とは言えないかもしれない。

そんな気持ちが、ずっと消えなかった。

けれど、誠さんが傍にいてくれたからこそ最後の一歩を踏み出せ、私にできることを全力でしなければいけないと強く思えた。

「そんなことない。俺がいなくても、椛は今と同じ選択をしたと思う」

ところが、彼は笑顔で首を横に振る。

「椛は、自分の仕事に誇りを持ってるし、なによりも園児のことを考えてる。園児たちの成長を心から喜んで、どんな未来を歩むのか楽しみにしてる。そんな先生が、健太くんのことを守ろうとしないはずがない」

きっぱりと言い切った表情には迷いはなく、確信していたかのようだった。

「俺はそんな椛を尊敬してるし、だからこそ椛ならこうすると思ってたよ」

「誠さん……」

胸の奥から熱が込み上げ、泣きそうになってしまう。

「心配がないと言えば嘘になるが、森脇さんはかなり弱腰になってたし、弁護士を入れて念書を交わせば迂闊なことはできない。あの家は世間体を気にしてたし、特に祖父はこのまま穏便に済ませたいだろうからな」

「うん」

「それに、園長先生は椛や園児のために最善を尽くしてくれるはずだ。もちろん、なにかあれば俺も力になる。いや――」

誠さんの手が私の右手に重ねられ、真っ直ぐな双眸を向けられる。

「この件だけじゃなく、俺はこれからもずっと椛のことを傍で支えていきたい」

力強い言葉がとても嬉しくて、自然と笑みが零れた。

「うん。私も誠さんを支えられる妻でいたい」

彼も喜びを隠さずに瞳を緩めた直後、それが合図だったようにキスを交わした。

四章　お見合い結婚でしたが、溺愛されています

一　遅れてきた蜜月

十一月に入ると、一気に秋めいた。

木々は黄色から赤へと移り変わる途中で、中には緑との三色のグラデーションも楽しめる。

園庭にある大きな桜の木も、綺麗なサクラモミジになりつつあった。

「おはようございます、もみじせんせい」

「おはようございます、健太くん」

「健太、走っちゃダメよ」

「はーい！」

いつも通り元気よく登園してきた健太くんは、挨拶を済ませるとすぐに他の園児たちのところに駆けていった。

「今日もよろしくお願いします」

「はい。責任を持ってお預かりします」

あの話し合いの翌週から、健太くんは再び幼稚園に来られるようになった。

念書を交わしたのは一週間後だったけれど、その前に登園を承諾したのは園長先生の計らいだ。

『これ以上、健太くんにつらい思いをさせるわけにはいきませんから』

園長先生にとって、簡単な決断じゃなかったと思う。

けれど、いつでも園児を最優先で考える姿勢は、私がよつば幼稚園と園長先生に出会ったときから変わらなくて、それがとても嬉しかった。

健太くんは今、母親と二人暮らしをしている。

親権の変更は、残念ながらすぐに……というわけにはいかないみたい。

弁護士を通して手続きをすることになったのだけれど、両者が合意していても色々と法律上の段階を踏む必要があるからだ。

とはいえ、父親側は特に抵抗することもなく、上手く進んでいるようだった。

親権の変更とともに父親から養育費も支払われるようになるため、健太くんの母親は『思ってたよりもどうにかなりそうです』と安堵の表情で話していた。

ちなみに、父親との面会日も定期的に設けると聞いている。

『私にとっては最低の夫で義両親でしたが、健太にとってはいい父親と祖父母なんです。健太も三人のことが大好きなので、健太の望むようにしようと思ってます』

彼女にしてみれば、悔しさや納得できないこともあるだろう。

ただ、健太くんにとってできるだけいい環境を整えようとしている姿を見て、健太くんはきっと今よりももっと幸せになれると思った。

卒園までの約四か月、私も担任として全力で力になりたい。

「ただいま」

「おかえり」

出迎えてくれた誠さんと、いつものようにキスを交わす。

「遅くなってごめんね」

「いや、気にしなくていい。一応ご飯はできてるが、先に食べるか？」

お腹はペコペコで、できれば今すぐに食べたい。

けれど、食欲が満たされたら動きたくなくなってしまうのは、目に見えている。

「先にお風呂に入ってきてもいい？　食べると寝落ちしそうで……」

「ああ。適当なタイミングで温め直しておくから、ゆっくり入っておいで」

「ありがとう」

お言葉に甘えて、すぐさまバスルームに向かう。

メイクを落とし、髪と体を洗ったあとで、湯船に身を沈めた。

「ふう……気持ちいい……」

ため息交じりの声には、自分でもわかるほどの疲労感が滲んでいる。

ここ最近、残業続きだった。

来月は師走ということ、そして年が明ければ卒園式が控えていることによって、事務系の業務が大量にあるのだ。

仕事は相変わらずやり甲斐も楽しみもあるし、毎日充実している。

ただ、その反動で家事に手が回らず、週末は作り置きも用意できなかった。

そんな私をフォローしてくれているのが、他の誰でもない彼だ。

誠さんは朝食と夕食を用意し、掃除や洗濯まで率先してこなしてくれている。

買い出しはもちろん、買い置きの日用品の管理も抜かりがない。

嬉しくてありがたい反面、妻として不甲斐なく思えて謝ると、『今はそんなに忙しくないから気にしなくていい』と優しく返してくれた。

『夫婦なんだから、できないことは補い合えばいい。俺も椛に負担をかけてることはあるし、これくらいするのは当然だ』

しかも、彼はなんの不満もなさそうにそんな風に言ってくれた。

本当に感謝の気持ちでいっぱいだ。

お風呂から上がると、ダイニングテーブルには夕食が並んでいた。

生姜焼きに、お味噌汁、白米。千切りキャベツとミニトマトまで添えられていて、まるで定食屋さんのメニューみたい。

「キャベツ、太めで悪い」

「ううん。すごくおいしそうだよ」

キャベツが少しだけ太いのは、誠さんは千切りが苦手だから。

確かに幅が広くて不揃いだけれど、食べ応えがあって私は結構好きだったりする。

「いただきます」

ふたりで声を揃え、まずお味噌汁を啜った。

豆腐とワカメは私が好きな組み合わせで、彼の思いやりが感じられる。

生姜焼きはガツンとした味付けで、白米がよく進んだ。

「ごちそうさまでした。どれもすごくおいしかったよ」

「よかった。ついでに甘いものでもどうだ？」

「デザートもあるの？」

「ああ。椛が食べたいって言ってたプリンを買っておいたんだ」

「嬉しい！」

誠さんが「ちょっと待ってて」と言い置き、冷蔵庫からプリンを出してくる。

プリン専門店の名前が入った箱が開けられると、プレーンだけじゃなくアールグレイやカフェオレ、チョコレート味の瓶が並んでいた。

「こんなにたくさん買ってくれたの？」

「三日くらい持つらしいから、残ったやつは明日以降に食べればいい」

「ありがとう」

私はアールグレイ、彼はプレーンを選んだ。

一口ずつ交換したり……なんて以前は考えられなかったけれど、今は「ほら」とスプーンで掬ったプリンを差し出されると自然に口を開けてしまう。

お返しに同じことをすれば、誠さんも嬉しそうに笑って食べていた。

本当はまだ照れくさくてくすぐったいことは、私の中に秘めておこう。

「椛の仕事が落ち着いたら式場を見に行きたいな」

「うん、そうだね」

ここ最近、結婚式について具体的な話をするようになった。

きっかけは、彼からの『そろそろ式について考えないか』という提案だ。

そのときにはまだあまりイメージできていなかったけれど、少しずつ話し合ううちに心から式を挙げたいと思うようになった。

結婚式は、三月は外そうということになっている。

卒園式がある時期は、とてもじゃないけれどプライベートに余裕がないため、できるだけ落ち着いて準備ができる時期を選ぼうということになったのだ。

ちなみに、私は家族だけで挙げるような小さな式を想像していた。

そんな私に反し、誠さんはもっと盛大に……と思っていたみたい。

彼から何度か『本当にそれでいいのか？』と尋ねられたけれど、絢爛豪華な結婚式よりも招待客を近くに感じられるものがいいと希望した。

結果、式は家族だけで挙げることに決まり、友人や知人はガーデンパーティーのようなカジュアルなものに来てもらえれば……というところに落ち着いた。

「俺の方でも色々調べてるが、椛も行ってみたい式場とかあれば教えて」

「うん。私も調べてるところだから、また週末にでもゆっくり話し合わない？」

「ああ」

デザートまで満喫したあとは、食器を食洗器に放り込み、洗面台でふたり仲良く並んで歯を磨いた。

今夜も彼の部屋にお邪魔して、微睡むまで今日の出来事を話す。

枕は、とうとう誠さんのベッドに置きっ放しにするようになった。

彼が愛用していた枕と私のものが並んでいるのは、まだ少しだけ見慣れない。

けれど、もうすぐ届く予定の新しいベッドと一緒に枕も新調するから、この光景を見られるのもあとわずかだ。

「そういえば、そろそろ俺も忙しくなるかもしれない。嫌な話だが、年末が近づくと犯罪が増える傾向にあるんだ」

「大変だね……。事件は待ってくれないし……」

「捜二はまだマシだ。捜一や生活安全課は出ずっぱりのことも多いし、何日も家に帰れないこともあるからな」

「誠さんはそういうことはないの？」

「その日に帰れないことはあっても、基本的に数日帰らないようなことはないよ」

「そう。でも、無理しないでね」

「ありがとう。ただ、そのセリフは椛にも言いたいな」

残業続きの私は、痛いところを疲れて苦笑してしまう。

「確かにそうだよね。でも、万全の態勢で卒園式を迎えたいから、今からできる限りのことをしておきたいの」

彼が柔和な眼差しを私に向け、「椛らしいな」と呟く。

「そうかな」

「ああ」

穏やかな表情につられて頬を綻ばせると、視線が真っ直ぐに絡み合った。

数秒後、それが合図だったかのように端整な顔が近づいてきて、さらりと唇を奪われる。

静かな寝室に、リップ音がチュッと響いた。

もっとキスが欲しくなって、思わず誠さんを見つめてしまう。

彼はすぐに私の気持ちを察してくれ、ふっと瞳を緩めて再びくちづけてきた。

今度は触れた唇を甘やかに食まれ、ゆっくりと啄まれる。

戯れのような行為を繰り返されて、下腹部のあたりがむずむずし始めた。

ところが、キスがそれ以上深くなることはなく、唇が離れてしまう。

どうして……と言いかけた私に、誠さんが眉を下げて困ったように微笑んだ。

「これ以上はダメだ。寝かせてやれなくなるから」

「っ……」

「あんまりキスすると、椛を抱きたくなる。だが、椛は残業続きだし、明日もお互いに仕事だからな」

そういうつもりがなかった……と言えば、きっと嘘になる。

体はとても疲れていて、気を抜けばすぐに眠ってしまいそうだけれど……。もし彼に求められれば、私は喜んで受け入れてしまうだろう。

翌朝に響くところまで想像した頃には、頬に熱が帯びていた。

「も、もう……」

「拗ねた顔したって無駄だ。椛も俺を求めてくれてるのはわかってる」

今度は額にくちづけられ、胸の奥が甘く締めつけられる。

「でも、この先は週末の楽しみだ。な？」

「そんなこと、言われても……」

「たっぷり愛するから、ちゃんと覚悟してて」

たじろぐ私の耳元に、誠さんの低い声が触れる。

そんな風に言われれば艶めかしい想像が頭の中を駆け巡って、頬どころか体まで熱くなっていった。

クッと喉の奥で笑った彼が、私の頭をポンポンと撫でてくる。

遅れてきた蜜月の甘さに、どうしていいのかわからなくなることがあって。ときどき、こんな風にためらってしまう。

誠さんに手のひらで転がされている感じが、なんだか少しだけ悔しい。

それなのに、彼の体温と優しい手つきに心地よさを覚えるまではあっという間で、気づけば瞼を下ろしていた。

＊　＊　＊

冬の気配が強くなりつつある、十一月二十五日。

私は、二十九歳の誕生日を迎えた。

この歳になれば、子どもの頃のように素直に誕生日を喜べない一面もある。

けれど、日付が変わってから順番に届いた両親や友人たちからのメッセージを読むと、やっぱり嬉しくなる。

誠さんは〇時ちょうどにお祝いを言ってくれた。

誰よりも早く『おめでとう』と伝えてくれたことはもちろん、誕生日を迎えた瞬間を好きな人と過ごせることが幸せだった。

しかも、今夜はディナーに連れて行ってくれる。

といっても、お互いに仕事だから、終業後に現地で落ち合う予定なのだけれど。

「あら、椛先生の格好、さっきまでと違うじゃない。可愛いわね」

「そうですか？」

「うん。旦那さんとデート？」

妙子先生に褒められ、照れくさくなってしまう。

「はい」

「もしかして、ちょっといいところに行くの？」

「そうなんです。誕生日のお祝いにって」

「そっか、今日は誕生日だったね。おめでとう」

「ありがとうございます」

「じゃあ、着替えるわよね。普段の服じゃかっこつかないもの」

肩を竦めた彼女と、クスッと笑い合う。

よつば幼稚園ではジャージなどは支給されるけれど、基本的に私服とエプロンで業務に就く。

つまり、動きやすさを重視したシンプルな服装がスタンダード……ということだ。

ただ、今夜は誕生日をお祝いしてもらうため、いつも通りの格好というわけにはいかない。

マナー的にも、女心という意味でも。

そこで、着てきた服は明日持ち帰ることにし、持ってきたワンピースに着替えた。

シンプルなAラインで、胸元はカシュクールのようになっている。

色はくすみ系のピンクで、全体的に落ち着いた雰囲気だ。

メイクは直せたし、髪はサロンでセットしてもらう。

笑顔で送り出してくれた妙子先生に「お先に失礼します」と頭を下げ、私は急いで駅に向かった。


ディナーのお店は、誠さんの誕生日にも行ったグラツィオーゾホテル内にある。

最上階のフレンチレストランだ。

少し早くに着いたため、ホテル内のお店を見て時間を潰してから、待ち合わせしていたロビーに戻った。

ところが、約束の時間になっても彼は姿を現さなかった。

（どうしよう？　先にレストランに行った方がいいかな？）

恐らく、仕事で遅れているのだろう。

連絡がないということは、スマホも触れないほど立て込んでいるのかもしれない。

ここまではすぐに予想できたものの、どうするべきかは迷ってしまう。

悩んだ末、ギリギリまで待ったあとで先にレストランに行った。

店先で名前を告げると、すぐにウェイターが席に案内してくれた。

大きな一枚窓から望める都会の夜景が、キラキラと輝いている。

美しい光景に思わず感嘆のため息をついたあとで、ハッとしてウェイターに「待ち合わせ相手は遅れると思います」と伝えておいた。

「綺麗……」

どこを見ても煌びやかな夜景の上では、月が煌々と夜空を照らしている。

こんなに綺麗な景色を今すぐに誠さんと分かち合えないことがもったいなくて、彼が来てくれるのがますます待ち遠しくなった。

けれど、予約時間から三十分近くが経っても連絡はない。

見兼ねたウェイターに「お飲み物だけでもいかがですか」と訊かれ、一瞬悩んでからコーヒーを注文した。

お酒は、誠さんが来るまで飲みたくなかったから。

少ししてコーヒーが運ばれてきた頃、スマホが鳴り始めた。

私は慌てて席を立ち、お店を出てから通話ボタンをタップする。

「もしもし、誠さん？」

『椛、悪い。連絡もできなくて……』

電話口の彼は、いつになく焦った様子だった。

「ううん。仕事なんだよね？」

『ああ、家宅捜索のあとに事情聴取に追われてて……本当にごめん。今、タクシーに乗ったところなんだが、近くで事故があったらしくて渋滞してるんだ。途中で降りて走った方が早いかもしれないが、どちらにしてもまだ結構かかると思う』

その話しぶりから、急なことだったのだというのは察した。

きっと、連絡をする時間や余裕もなかったんだろう。

「わかった。じゃあ、もしラストオーダーまでに間に合いそうになかったら、キャンセルさせてもらおうよ。でも、とりあえず待ってるね」

今夜、誠さんはコース料理を予約してくれたと聞いている。

キャンセルするのは申し訳ないけれど、さすがにひとりで食べる勇気はないため、そうなったらきちんと謝罪して後日来させてもらおう。

彼はもう一度謝ると、『絶対に行くから』と言って電話を切った。

そう言われなくても、誠さんが来てくれることはわかっている。

けれど、言葉にしてもらえると、安心感が違った。

残念ながらさらに三十分以上が経っても彼は来られず、コース料理についてはラストオーダーを迎えようとしていた。

ウェイターに申し訳なさそうに説明され、頭を下げて謝罪をする。

「すみません。仕事みたいで……」

「とんでもございません。アラカルトメニューでしたらまだご注文いただけますし、お連れ様が来られるまでごゆっくりお過ごしくださいませ」

彼は嫌な顔ひとつせず、温かい心遣いを見せてくれた。

程なくして、ウェイターに案内されてこちらに歩いてくる誠さんの姿が見えた。

ネクタイが乱れ、髪も少し崩れた姿を前に、どれだけ焦っていたのかがわかる。

「すまない……。結局、間に合わなかったな」

「ううん。来てくれただけで嬉しいよ」

自然と笑みを返せば、彼はますます申し訳なさそうに眉を下げる。

ただ、これが本音だった。

誠さんが来てくれただけで嬉しくて、今夜はもう充分だ。

私は、彼と一緒に過ごせるのなら場所なんてどこでもよかったのだから。

誠さんを案内したウェイターにふたりで謝罪をすると、ウェイターはさきほどと同じように丁重に対応してくれた。

「当店は間もなく閉店を迎えますが、さきほどフロントからお部屋をお取りになったとお聞きしました。よろしければ、そちらにお料理をご用意させていただきます」

「えっ？」

「さすがにこのまま帰るのは申し訳ないから、タクシーで移動中にホテルに連絡を入れて部屋を取ったんだ」

きょとんとした私に、誠さんが端的に説明してくれる。

「大変ありがたいですが、こちらの都合でそんなことをしていただくわけには……」

「いいえ、これは当ホテルの支配人の提案ですので、お客様さえよろしければぜひお部屋でお食事をお楽しみくださ い。そうしていただける方がシェフも喜びます」

誠さんと顔を見合わせたあとで、彼がウェイターに頭を下げる。

「ありがとうございます。ぜひそうさせてください」

こうして、私たちは宿泊フロアになっている階下に降りた。


部屋に入ると、私は目を大きく見開いた。

ドアを開けた少し先にはリビングのような広い室内に立派なソファが置かれ、さらに奥にキングサイズのベッドがあったからだ。

どちらの部屋にも大きな窓があり、まばゆい夜景が望めた。

「この部屋、もしかしてスイートルームなんじゃ……?」

「ああ。せめてものお詫びにと思って。エグゼクティブスイートを取りたかったが、そっちは埋まってたんだ」

「充分すぎるよ」

今夜はもう遅く、明日もお互いに仕事がある。

このまま宿泊したところで、たった数時間しか過ごせない。

それでも、ここまでしてくれた誠さんの気持ちが嬉しかった。

すぐにコンシェルジュがやってきたかと思うと、白亜のテーブルクロスがかけられたテーブルの上にたくさんの料理が並べられた。

ルームサービスという形であるため、コース料理が一気に振る舞われたのだ。

魚介と野菜の彩り豊かなアミューズとアントレ、じゃがいものポタージュ。

オマール海老のポワソンのあとには、ワインの風味が効いたソルベを挟み、子羊を使ったヴィヤンドゥ。

数種類のチーズが並んだフロマージュに、栗とカボチャを使ったモンブランがメインのデセール。

そして、最後にマカロンとコーヒーのアヴァンデセールまでついていた。

コンシェルジュが注いでくれたシャンパンで乾杯をしたあと、ときどきワインも飲みながらすべての料理を楽しんだ。

「どれも本当においしかったね。でも、こんなに豪華な料理をスイートルームで食べるなんて、さすがに贅沢すぎて申し訳ないな……」

「いいんだ、今日は椛の誕生日なんだから」

笑顔だった誠さんが、一拍置いて眉を下げる。

「むしろ、こんな大事な日にレストランでひとりで長時間待たせた上、椛の都合も訊かずに勝手に部屋を取ってすまない。もちろん、誕生日はまた改めて祝わせてほしいが、今日も少しでも楽しい思い出を作りたかったんだ」

「私は誠さんの気持ちがすごく嬉しかったよ。だから、そんな風に言わないで」

「椛……」

「それに、私だって誠さんの誕生日を夜になるまで忘れてたんだよ？　そっちの方がひどいくらいだし、あんまり謝られると困っちゃうかも」

今は少しでも彼の中にある罪悪感を減らしてほしくて、あえて冗談めかしてみる。

すると、誠さんが小さな笑みを浮かべたあと、グッと表情を引き締めた。

「俺の仕事上、どうしても現場に急行することになったら今日みたいなことは起こってしまう。だから、本当は守れない約束はしない方がいいとも思うんだ……。それでも、これからもこうして椛と思い出を作っていきたい」

真剣な双眸から、彼の想いと決意が伝わってくる。

私は瞳を緩め、真っ直ぐ見つめ返した。

「私の父は警察官だよ？　こんなのは子どもの頃から慣れっこなの。刑事の娘として二十九年間も生きてきたんだから、これからは刑事の妻を務めるだけだよ」

誠さんが目を小さく見開いたあとで、「まいったな」とふっと笑う。

「椛には一生敵わない気がする」

「え？」

言うが早いか、立ち上がった彼がこちらに来て私を抱き上げる。

「きゃっ……！　誠さん？」

驚く私を余所に、誠さんはバスルームに向かうと、その手前のサニタリーで私を下ろしてじっと見つめてきた。

沈黙が降り、彼になにを求められているのかを悟る。

だって、私も同じものを欲していたから。

ふたり言葉も交わさずに唇を重ね、数回キスを繰り返す。

静寂の中で響くリップ音は、艶めかしくも甘かった。

「このまま椛を抱いてもいい？」

恥ずかしいとか、どんな顔をすればいいのかわからないとか。

思うところはたくさんあるけれど、今は誠さんの腕の中にいたい。

「……うん」

そんな気持ちで頷けば、彼が再び私の唇を塞ぎにきた。

背中に回された手が、ワンピースのファスナーを下ろす。

キスはそのままに、もどかしそうに私の体をまさぐってくる。

壁に押しつけられるようにして交わす強引なくちづけは苦しいのに、全身の血液がどんどん熱くなって体中を巡っていた。

ゼロ距離で見る誠さんの姿に、胸の奥が高鳴る。

煩わしそうにネクタイを取ってジャケットを脱ぐ仕草も、欲望が覗く真っ直ぐな視線も、それでもなおキスをやめようとしないことも……。

全部が嬉しくて、すべてが愛おしい。

バスルームに移動してシャワーを浴び始めると、私に触れる彼の手も唇も一気に激しさを増して、湯気に包まれた体が沸騰しているのかと思ったほど。

誠さんの熱も、愛欲も、肌に感じるのに……。彼は必死に理性を働かせるように眉根を寄せ、最後の一線はベッドに移動するまで越えなかった。

お互いの境界線がわからなくなるほどに、甘く熱く深く交わった夜。

私はただ必死に誠さんにしがみつき、彼の愛と濁流のような熱を受け止めた――。

二　幸せに満ちた結婚式

年末年始は足早に駆けていき、冬真っ只中。

二月上旬の吉日に、誠さんと私は式を挙げることになった。

当初の予定通り、家族だけのささやかなもの。

挙式の会場は、『ユウキウェディング』のチャペル。

ユウキウェディングはチャペルでの結婚式だけじゃなく、邸宅を貸し切ってパーティーなどを行うこともできる。

彼とふたりで何軒か式場を回ったけれど、式場が素敵だったのとプランの豊富さはもちろん、なによりもプランナーさんの人柄に惹かれて決めた。

「もうすぐ開始時間ですので、そろそろ移動しましょう」

プランナーの結城《ゆうき》さんに声をかけられ、純白のウェディングドレスに身を包んだ私は緊張を抱えながら頷いた。

彼女は、ユウキウェディングの社長の奥様なのだとか。

結城さんの立場と担当してもらえることがわかったときには驚いたけれど、私たちのために色々と尽力してくれた。

「あの……少し気が早いですけど、本当にありがとうございました。結城さんに担当していただけてよかったです」

チャペルに向かいながら彼女に感謝を伝えれば、柔らかい瞳が弧を描いた。

「そう言っていただけてよかったです。来週にはウェディングパーティーを控えてますが、まずは今日を一生忘れられない日にしましょうね」

「はい」

今日は、家族だけの挙式を。

そして、一週間後には友人と知人を招待したウェディングパーティーを開く。

結城さんは様々なパターンを提案してくれ、この形に決まったのだ。

チャペルに近づくにつれ、鼓動が少しずつ速まっていく。

家族だけとはいっても、やっぱり緊張感は拭えない。

「椛さん、深呼吸しましょうか」

「あ、はい」

私の顔が強張っていたのか、彼女が途中で足を止めた。

「はい。じゃあ、息を大きく吸ってゆっくり吐きましょう」

結城さんも一緒に深呼吸をしてくれたからか、それとも優しい口調のおかげか、息を吐き切ったあとには心拍数が下がっているのがわかった。

「もう大丈夫そうですね。行きましょう」

再びドレスの裾を持った彼女に促されて、チャペルに向かう。

両開きのドアの前では、父が立っていた。

すでに、誠さんはもちろん、両親や義両親たちとも顔を合わせている。

そのときに会話をし、記念撮影も行った。

「……綺麗だな」

けれど、父は改まったように小さく呟いた。

まるで初めて私のウェディングドレス姿を見たかのように目を細める表情には、安堵とともに寂しげな雰囲気も滲んでいる。

その瞳は少しだけ赤く、今にも泣きそうに見えた。

(もう……お父さんったら。私もつられちゃうじゃない)

言葉にしてしまえば、ふたりとも涙をこらえられない気がして心の中で紡ぐ。

だいたい、さきほどまでは仏頂面だったくせに……なんて思う。

カメラマンさんに『新婦様のお父様、にっこり笑ってください』と何度言われていたことか。

もしかしたら、あのときも涙をこらえていたんだろうか。

(仕方ないなぁ)

頑固な父に、うんざりしたこともある。

反抗期はそれほどひどくなかったつもりだけれど、周囲の友人たちが羨ましくて父と口論になったこともあった。

それでも、今の私の胸にあるのは、大きな感謝と愛情。

誠さんへの気持ちとは違うけれど、両親に対しても家族としての愛が確かにある。

「お父さん、これまで育ててくれてありがとう。たくさん心配かけたこともあったけど、もう心配しないでね。私、すごく幸せだから」

「……そうか」

口下手な父は、一言そう言っただけだった。

(こういうときくらい、もうちょっとなにか言ってくれてもいいのに……)

なんて思う反面、前を真っ直ぐ見つめる父が唇を噛みしめていることに気づいて、そっと言葉を呑み込んだ。

結城さんともうひとりのスタッフが、ドアを開けてくれる。

馴染みのある音楽が、オルガンの生演奏で流れ始めた。

鮮やかな青い絨毯が敷かれたバージンロードの先には、大きなステンドグラス。

その下には、警察官の儀礼服に身を包んだ誠さんが立っている。

濃紺のジャケットとスラックスに、制帽。

肩から胸元には、飾緒《しょくちょ》と呼ばれる金糸で施された紐飾り。

その凛々しい姿に、鼓動が高鳴る。

初めてこのチャペルを見たとき、私はあまりの美しさに一目で気に入った。

今はそのときよりもずっと綺麗だと感じて、私を真っ直ぐ見つめている彼の優しい眼差しに胸が詰まった。

ドアのすぐ傍に控えていた母が、ベールをそっと下ろしてくれる。

その瞬間、なぜか幼い頃に母に髪を結ってもらったときのことを思い出した。

鼻の奥がツンと痛んで、喉元が熱くなる。

泣いたら最初からメイクが崩れてしまう……と思うのに、視界がじわりと滲んだ。

「椛、ずっと幸せにね」

「うん……」

泣かないようにするのに必死で小さく頷くことしかできなかったけれど、私を送り出す母は涙交じりに微笑んでいた。

父の手を取り、一歩、また一歩と進んでいく。

両親と、彼のご両親と兄夫婦、そして両家の祖父母。

参列者が身内だけの式なのに、荘厳な雰囲気が私に前を向かせてくれる。

ゆっくりと誠さんのもとにたどりつくと、父の手から彼の手に私が委ねられた。

「椛を頼む」

その瞬間、小さく、けれど力強い声音で父が告げた。

隣を見れば、父の目は真っ赤に染まり、溢れんばかりの涙が浮かんでいる。

「はい」

誠さんは、ただ一言返事をしただけ。

それでも、彼の声音からは強い意志が伝わってきた。

(大丈夫だよ、お父さん)

声には出さなかったけれど、父に笑顔を向ける。

すると、父がホッとしたように目尻を下げた。

優しい表情は、幼かった私を『椛』と呼んで抱っこしてくれた日々のことを思い出させ、私は愛情いっぱいに育ててもらったことを改めて思い知った。

「っ……」

目頭が熱くなって、ずっとこらえていた涙が零れてしまう。

誠さんはそれを見透かすように眉を下げ、優しい笑みを浮かべた。

そんな私たちを見守ってくれる家族の前で、挙式が始まる。

神父によって式は粛々と進められていき、誓いの言葉が唱えられた。

「新郎、誠さん。あなたは新婦、椛さんを妻とし、病めるときも健やかなるときも、悲しみのときも喜びのときも、そして貧しいときも富めるときも、愛し、助け、慰め、敬い、守り抜き、その命のある限り心を尽くすことを誓いますか？」

「はい、誓います」

迷いのない誠さんの声が、チャペルに響く。

「新婦、椛さん」

次いで、私にも同じ言葉で問いかけられた。

「――その命ある限り心を尽くすことを誓いますか？」

「はい、誓います」

彼と同じように、しっかりと誓う。

「それでは、指輪の交換を」

向かい合った私たちの前に、ふたつの指輪が差し出される。

ずっとふたりの薬指にあった指輪が、リングピローに収まっていた。

誠さんはそれを取り、私の薬指にはめてくれた。

私も、自分のものよりも大きな指輪を彼の薬指につける。

「最後に、誓いのキスを」

誠さんが私のベールをゆっくりと上げる。

チャペルに足を踏み入れて初めて、なんの隔たりもなく彼と視線が絡んだ。

優しく私の肩に手を置いた誠さんが、そっと顔を近づけてくる。

私は瞼を下ろし、彼と未来の誓いを結ぶように唇を重ねた。


その夜、改めて幸せを噛みしめていた。

挙式のあとには、両家の家族揃って料亭で食事を済ませ、始終和やかな雰囲気に包まれる中で過ごした。

温かい空気も、優しい時間も、当たり前にあるわけじゃない。

だからこそ、誠さんのことはもちろん、両親や彼の家族も大切にしたいと思った。

「おいで」

誠さんに促され、ベッドに腰掛けていた彼の腕の中に収まる。

すると、誠さんは私の体をひょいっと持ち上げ、自身の膝の上に乗せた。

「えっと……これはちょっと恥ずかしいかも……」

「そう？」

「うん。っていうか、重いでしょ？」

「いや、全然。むしろ、軽いからもっとしっかり食べさせないといけないなって思ってるくらいだ」

彼がなんだか神妙そうに言うから、クスッと笑ってしまう。

鍛えている誠さんには本当にそう感じるのかもしれないけれど、私は標準体重をわずかに下回っている程度で、軽いというほどじゃない。

油断すればすぐに太るから、実は必死に気をつけているくらいだ。

「あのさ」

「うん」

「今日の九重警視監と椛の涙を見て、改めて思ったことがあるんだ」

彼が昼間のことを思い出すように瞳を緩めたあとで、真剣な眼差しで私を見つめてきた。

「椛はご両親から本当に愛されて、大事に大事に育てられてきたんだって」

普段なら、きっと照れくささが勝っていたに違いない。

けれど、今夜は挙式の余韻が残っているからか、自分でも驚くほど素直に頷けた。

「だから俺は、なにがあっても椛を守るって、改めて自分に誓った」

「誠さん……」

挙式のときに、もう感動し尽くしたと思っていた。

「っ……」

それなのに、誠さんの想いに胸の奥から喜びが突き上げてくる。

視界が滲んだかと思うと、次の瞬間には涙が零れ落ちていた。

「泣かせるつもりじゃなかったんだが……」

「これで泣くなっていう方が無理だよ」

泣き笑いの表情の私に、彼が困り顔で笑う。

それから、誠さんは私の頬を濡らす雫を親指で拭い、そっとキスをしてくれた。

重なった唇が離れても、またすぐに結ばれる。

まるで離したくない、と言われているようだった。

繰り返されるくちづけはすぐに深くなり始め、口内に入ってきた熱い舌がうごめいている。

そのままごく自然と、ふたりでベッドに倒れ込んだ。

「涙、止まったな」

「本当だ……」

言われてようやく、涙が乾いたことに気づく。

もっとも、このあとには別の意味でまた泣いてしまいそうだったけれど……。

「ある意味、今日が初夜か」

艶めかしさを感じた声音に、鼓動が大きく跳ねた。

「今夜はいつもよりも甘く抱きたい」

「っ……」

私を追い詰めるように囁いた彼に、反射的に息を呑んでしまった。

誠さんは、いつだって甘く優しく激しく抱いてくれる。

それなのに、あれ以上の甘さを与えられてしまったら、私は心も体も持たないかもしれない。

たじろいでいると、クスッと笑った彼に唇を奪われた。

チュッと甘やかな音が響き、静寂が浮き彫りになる。

視線が絡んで、艶を帯びた熱が膨らみ、欲へと変わっていく。

言葉もなく見つめ合った私たちは、どちらからともなく唇を求めた。

それが合図だったかのように、さきほどまでよりも激しいキスを何度も繰り返す。

吐息を零せば、くちづけがさらに深くなった。

ルームウェアが剥がれていき、素肌に熱い指や舌が這わされては確実に追い詰められていく。

数回昇りつめた私が誠さんを受け入れたときには、もう声がかすれて呼吸もひどく乱れていたのに……。彼の熱量と激しさに、嬌声が止まらない。

ふたり同時に果てたときには、私は心も体もとろけ切っていた。

けれど、白んでしまった思考でも、幸福感に包まれていることだけはわかる。

「椛、愛してる」

確かな愛と温もりの中で、もう瞼を開ける気力もない私の額にくちづけられた感覚があって、心がこれ以上ないほどに満たされていく。

私も愛していると伝えたいのに、声にできない。

せめてこの幸せを誠さんも感じてくれていたらいいな……と思ったところで、意識が途切れた——。

＊＊＊

一週間後の土曜日。

予定通り、私たちはウェディングパーティーを開いた。

夕方から始まったパーティーには、友人を始め、同僚も招待している。

ただ、警察官という職業柄、誠さんの同僚をたくさん招待するのは難しい。

話し合った末、お互いに仕事関係の招待客は最低限の人数にとどめた。

私は、園長先生と妙子先生、同期の先生だけ。

彼も、現在の直属の上司と過去にとてもお世話になったという警視監、そして数人の同期だけにしていた。

今回、私はパステル系のピンクとパープルのカラードレスにした。

誠さんは当初はタキシードにする予定だったけれど、上司も出席してくださることもあって、今日も儀礼服に身を包んでいる。

前撮りのときの白亜のタキシードも、とても素敵だった。

けれど、儀礼服の彼は、警察官らしさが出ていてかっこいい。

前撮りでは、純白のウェディングドレスと儀礼服、カラードレスのときにはタキシードだったこともあって、儀礼服の誠さんとカラードレスで並べるのが嬉しかった。

もっとも、私はどんな格好の彼にもときめいてしまうのだろうけれど。

招待客全員とゆっくり過ごしたかったため、余興などの時間は設けていない。

パーティーの開始直後に誠さんと私が出席者全員に向けて挨拶をし、結城さんから私たちのことや馴れ初めなどのエピソードを紹介してもらっただけ。

そのあとには、各々自由に立食式の食事を楽しんでもらいつつ、彼とともに挨拶に回ったり招待客との撮影に応じたりした。

「椛！」

「佳奈、来てくれてありがとう」

「どういたしまして。っていうか、すっごく綺麗！」

「そうかな？」

長い付き合いのせいか、佳奈にドレス姿を褒めてもらうとなんだかくすぐったい。

それ以上に嬉しくもあったけれど、面映ゆさも隠せなかった。

「うん！　写真、また撮ってもいい？」

「もちろん」

佳奈や友人たちと誠さんと私で撮影したあとは、彼だけ外れてくれた。

友人とこんな風に写真を撮ったのなんて、修学旅行や卒業式を除けば、誰かの結婚式くらい。

だからこそ、喜びもひとしおだった。

「ここ、外も綺麗だよね」

「うん。装飾にもこだわったから、よかったらゆっくり見ていってね」

私がそう言うと、佳奈たちは「ちょっと見てくる」とガーデンの方に向かった。

ユウキウェディングの邸宅は、室内だけじゃなくガーデンも使用できる。

この時期は寒くて長時間過ごすのは難しいけれど、カラフルにライトアップされたそこには色とりどりの花やバルーンが設置され、とても綺麗だ。

ウェディングドレスはもちろん、普通にガーデンを撮影するだけでも映える。

室内と外は自由に行き来できるようになっていることもあって、子どもを連れて出席してくれた友人にも気兼ねなく楽しんでもらえているようだった。

「この式場にしてよかったな」

誠さんも同じことを考えていたのか、ガーデンで遊んでいるお互いの友人の子どもたちを微笑ましそうに見ている。

「うん。すごく悩んだけど、ふたりの直感と結城さんの人柄を信じて正解だったね」

式場見学に行く前には、十社ほど候補があった。

そこから少しずつ絞っていき、この時期から逆算してどうにか見て回れるであろう三軒のうち、ユウキウェディングは最後の一社だった。

式場が決まるまでも決まってからも大変だったけれど、後悔はひとつもない。

きっと、彼も同じだろう。

「水無瀬」

不意に声をかけられて振り返ると、さきほど誠さんに紹介された蜷川さんや同僚の方が立っていた。

蜷川さんは、以前に誠さんから見せてもらった写真に写っていた同期の人だ。

「改めておめでとう。奥さんもおめでとうございます」

「ああ、ありがとう」

「ありがとうございます」

「一枚いいか？」

明るい笑顔を向けられ、誠さんと同時に頷く。

そして、蜷川さんや同僚の方と一緒に写真を撮った。

「奥さん、知ってます？　こいつ、警視庁内では〝鬼の水無瀬〟とか〝冷徹鉄仮面〟とか言われてるんですよ」

「そうなんですか？」

「おい、余計なことは言うな」

悪戯な笑みを浮かべた蜷川さんの言葉に、私と誠さんの声が重なる。

「ほんとほんと！　バカみたいに生真面目だし、後輩の面倒見はいいけど仕事の鬼だし、腕っぷしもいいから初対面の新人はだいたいビビるんです」

誠さんは不服そうだけれど、楽しげな蜷川さんは気にする素振りがない。

ただ、普段の誠さんとはかけ離れた姿を説明されても、あまりピンとこなかった。

「それが最近じゃ、まあ丸くなっちゃって。真面目なのは変わらないけど、結構笑うようになったんですよ。鉄仮面ってあだ名はもう使えないくらいです」

「もうそのへんでいいだろ」

どんどんバツが悪そうになる誠さんに、蜷川さんがにやりと笑う。

「奥さんのおかげですよ！　この堅物がこんなに柔らかい雰囲気になるなんて、俺たち同期の中では想像もできませんでしたから」

「そうなの？」

蜷川さんに向けていた視線を誠さんに遣れば、誠さんの頬が赤らんでいる。

「……さぁな」

咳払いをして答えた誠さんは、次第に耳まで赤くなった。

「なので、末永く傍にいてやってください」

それは私のセリフだ。

末永く一緒にいてほしいのは、私も同じなのだから。

「はい」

精一杯笑って頷けば、蜷川さんが「よかったな～」と言いながら誠さんを肘でトンと突いた。

「蜷川はもう話すな」

誠さんは眉をひそめていて、いつもよりもどこか少年っぽさがある。

きっと、私が知らない彼の顔はまだまだたくさんあるのだろう。

願わくば、一生をかけて誠さんの色々な表情や姿を見ていたい。

だから、困り顔でいる彼を見つめながら、この人をずっと大事にしよう――と心に誓った。

三　新婚旅行は蜜より甘く

冬の気配が和らぎ、桜の開花が待ち遠しい三月上旬。

誠さんと私は、軽井沢《かるいざわ》に向かっていた。

一泊二日の、ささやかな新婚旅行のために。

彼の仕事の都合上、遠出や宿泊時には届け出を出さなければいけないし、大きな事件が起きれば急な呼び出しもありえる。

だから、私は当初、新婚旅行なんて考えていなかった。

少し落ち着いた頃に、都内でステイケーションでもできればいいかな、というくらいの気持ちでいたのだ。

ところが、誠さんが猛反対した。

『いくらなんでも、さすがに新婚旅行を我慢させるなんて嫌だ。それに、俺だって椛とどこかに行きたい』

遠慮する私と、一歩も譲らない彼。

国内なら沖縄《おきなわ》や北海道《ほっかいどう》、海外ならリゾートやヨーロッパまで提案してくれた。

どれも魅力的で、心が惹かれなかったと言えば嘘になる。

けれど、あの誠さんが長期間仕事から離れて心から楽しめるとは思えない。

そして、それは私もだった。

結局、散々話し合いを重ね、一泊二日で軽井沢の貸別荘に行こうと決まったのだ。

すると、彼は往復の新幹線のチケットをグランクラスで取ってくれた。

贅沢じゃないかと戸惑っていると、『海外旅行よりずっと安い』とけろりと言われてしまい、アテンドつきの新幹線で軽井沢にやってきた。

乗車前には専用のラウンジが使え、新幹線内では軽食まで振る舞われる。

そもそも、グランクラスという存在すら知らなかった私は、想像以上のおもてなしに驚いてしまった。

「あっという間だったね」

「ああ。快適だったな」

「うん。あまりにも快適すぎて、贅沢になっちゃいそう」

私の冗談に、誠さんがハハッと笑う。

彼は家を出る前からずっと楽しそうで、いつになくたくさん笑ってくれていた。

「まずはレンタカーだな。で、予定通りに観光していくが、もし途中で行きたい場所が他にも思いついたら言ってくれ」

「うん」

軽井沢駅近くで予約していたレンタカーを受け取り、まずは『雲場池《くもばいけ》』に向かう。

スワンレイクという愛称がある、軽井沢の有名な観光地だ。

そのあとには『白糸《しらいと》の滝』に立ち寄り、人気のレストランでランチ。

絵本やおもちゃ、ピクチャレスク・ガーデンで構成された『ムーゼの森』というミュージアムに繰り出してカフェに寄り、買い物をして別荘に行く……というプランだ。

軽井沢に来るのが初めての私は、この日が楽しみで仕方がなかった。

今回のスケジュールは、誠さんと相談しつつも、ほとんどが私が気になっていた観光地やお店を回ることになっている。

しかも、彼が調べてくれていたのは、私が好きそうな場所ばかりだった。

「まずは雲場池と白糸の滝だな」

カーナビを設定した誠さんは、乗り慣れないはずの車を難なく運転している。

「誠さんってすごいね」

「なにが？」

「運転が上手いとは思ってたけど、初めて乗る車なのにちっともためらわずに普通に運転してるから」

「いや、車ってだいたい運転のコツは同じというか……」

前を向いたまま苦笑する彼が、私にちらりと視線を遣る。

「そうなの？」

「ああ」

「でも、やっぱりすごいよ。私なんて、お父さんから運転禁止令が出てるのに」

十八歳で免許を取ったものの、私はどうやら運転には向かないみたい。

免許を取って初めて運転した日、助手席に父を、後部座席に母を乗せた私が運転する車は、盛大にぶつかってしまった。

それも、まだ実家の敷地から出ないうちに……。

数日後には車通りの少ない道で父の指導のもと再挑戦したけれど、左折の際にガードレールにガリガリと音を立ててこすった。

以来、私は車のハンドルを握っていない。

「ああ、あれか。免許を取った直後に、ガレージでぶつけたのとガードレールでこすったってやつ」

「……どうして知ってるの？」

「捜一時代の同僚はほとんど知ってるよ」

「もう！　お父さんったら！　どうしてそんなこと喋ってるのよ。っていうか、誠さんも忘れててよ……」

恥ずかしくていたたまれない私に、誠さんがクックッと笑った。

「残念だが、九重警視監から聞いた椛の話はほとんど覚えてると思う。俺、記憶力はいい方なんだ」

確かに、彼は一度話したことは覚えてくれている。

私の好きな物事、旅行したことがある場所、友人や同僚の名前に至るまで。

たとえば、友人や同僚とのことを話すとき、一度でも会話に登場したことがあればすぐに通じてしまう。

毎年、新入園児の名前を覚えるのに苦戦している私とは大違いだ。

「それはわかってるけど、やっぱり不名誉なことは忘れててほしいっていうか……」

「無理だな。俺は椛のことならなんでも覚えておきたいから」

サラッと言ったかと思うと、緩めた瞳をちらりと寄越してくる。

色気のある流し目に、鼓動が高鳴った。

「ほら、着いたから降りよう」

父には物申したいけれど、ひとまず今はこの瞬間を楽しもう。

だって、せっかくの新婚旅行なのだから。

そう割り切って車から降り、差し出された誠さんの手を取って歩き出した。


順調に観光し、食事やスイーツも満喫した。

夕食はBBQをすることになっているため、途中で立ち寄った商業施設で材料とクラフトビールを調達し、日が傾き始めた街を抜けて別荘に向かう。

「少し寄り道していいか？」

と思っていたら、誠さんから思いがけない提案がされた。

「うん。どこに行くの？」

「それは着いてからのお楽しみ。まあ、時間的にギリギリだから間に合うか微妙なところなんだが」

わずかに不安を覗かせた彼が連れてきてくれたのは、『旧碓氷峠見晴台《きゆううすいとうげみはらしだい》』だった。

長野《ながの》県と群馬《ぐんま》県の県境に位置する、旧碓氷峠の頂上から程近い展望公園だ。

標高が高いため、ネットにはサンセットタイムの人気スポットだと書かれていた。

「わぁっ……！」

自然の大パノラマに、思わず感嘆の声が漏れる。

「よかった。間に合った」

ホッとした様子の誠さんの横顔は、オレンジ色に染まっていた。

「あのあたりが南アルプスみたいだな」

指差された方向には、山々が連なっている。

今日はよく晴れていたからか、夕日に彩られた山脈がしっかりと望めた。

「すごく綺麗だね」

「ああ」

感動のせいか、繋いでいた手をギュッと握ってしまう。

すると、彼も私に応えるように少しだけ力を込めてくれた。

大きな夕日は、まるで揺らめているようにも見える。

空はよく晴れて、雲は夕日にかかっていないのに、蜃気楼みたい。

夕日が沈み切る前に展望公園から離れたけれど、オレンジ色に染まった景色は脳裏に焼きついていた。

そのまま夜道を走り抜け、貸別荘に到着した。

5LDKに、ガーデンテラスとプール付き。

ベッドルームもバスルームも広々としていて、バルコニーから見える夜空もとても綺麗だった。

ネットに掲載されていた写真よりも、ずっと素敵だ。

ふたりで仲良く下準備をして、ガーデンテラスに置いてあるＢＢＱセットで食材を焼いていく。

もちろん、クラフトビールで乾杯をした。

(新婚旅行なんだし、食べすぎない方がいい……よね？　いや、お風呂に入ったらすぐに寝ちゃうかもしれないけど！)

お肉も野菜も、そしてビールも、本当においしい。

けれど、乙女心と密かに相談して、満腹になる前に手を止めておいた。

「風呂、一緒に入る？」

「……それはダメ」

頬を赤らめた私に、誠さんが悪戯な笑みを向けてくる。

「なんで？　せっかくの新婚旅行なのに」

「そう、だけど……。あとでバルコニーで星を観るって約束してくれたでしょ」

「一緒に風呂に入っても観られると思うけど」

飄々と言ってのけた彼を、じとっと見てしまう。

私は誠さんのことを信頼しているけれど、こういうときの彼は信じ切ってはいけない……ともう知っているから。

「わかったわかった。じゃあ、先に入っておいで」

「え？　でも……」

「今日はよく歩いたし、疲れただろ？　俺はランニングや筋トレをしてない分、まだ体力が残ってるから」

誠さんだってずっと運転してくれていたし、疲れているはず。

申し訳なさからためらっていると、彼がクスッと笑った。

「それとも、椛も体力が余ってるなら先にベッドに行こうか？」

耳元で甘く囁かれ、背筋が粟立つ。

「っ……！　お風呂入ってくる！」

私が逃げるように誠さんから離れると、彼は楽しげな声を上げていた。

「寒くないか？」

「うん、上着があるから平気だよ」

森林の中にある別荘地だから、あっという間に気温が下がった。

ＢＢＱをしていたときは、火のおかげかビールを飲んでいたからか寒くなかった。

ところが、バルコニーに出たばかりの今はさきほどよりも気温が低くなっていて、冷たい空気が肌を刺す。

それでも、澄んだ空気の中で広がる夜空は美しい。

大きな月と数え切れない星たちがキラキラと輝き、都会のものとは比べものにならない光景だった。

「綺麗だね。空気もいつもと違うし、マイナスイオンを浴びてるって感じがする」

「そうだな。雲場池や白糸の滝でも思ったが、やっぱり自然の中の空気はうまい」

白い息を吐く私を、誠さんが後ろから抱きしめてくれる。

そのまましばらく、夜空を見上げていた。

「椛」

不意に呼ばれて顔だけで振り向くと、彼が眉をわずかに下げていた。

「本当にこれでよかったのか？　すぐには無理だが、慶弔休暇があるから数日分は申請できたのに」

少しだけ申し訳なさそうな誠さんに、笑顔で首を横に振る。

「いいの。私は行き先はどこだってよかったし、誠さんと一緒ならお散歩だって楽しいから」

意表を突かれたような顔をした彼が、今度は困ったように眉を寄せる。

「そういう可愛いことを言われると、理性が利かなくなる」

私を射貫いた視線には、熱と劣情がこもっていた。

少しだけ悩んでたじろいで、それでも想いが伝わるようにしたくて。

だから、私は振り向いたまま背伸びをして、誠さんにキスを贈った。

星が降りそうな夜空の下で、ふたつの唇が重なる。

ゆっくりと体を離せば、彼が私の後頭部に手を回した。

刹那、唇が奪われる。

少しだけ強引に、獰猛さを纏って。けれど、食まれる感覚が心地よくて、唇から伝わる熱にドキドキする。

甘ったるいキスに、アルコールよりもずっと簡単に酔いしれた。

「ベッドに行こう」

すぐさま、誠さんが私を抱き上げる。

私はされるがままにお姫様抱っこを受け入れ、バルコニーから室内に入った。

この部屋は今夜私たちが寝室として使うつもりだったベッドルームで、クイーンサイズのベッドが二台並んでいる。

彼は、バルコニーに近い方のベッドに私を下ろした。

雪崩れ込むように横たわった私に、誠さんが覆い被さってくる。

待てないとでも言うようにキスをされたとき、彼が欲しい――と心から思った。

「誠さん……ッ、んんっ……！」

啄まれる合間に名前を呼べば、グッと舌が入れられた。

熱くて、力強くて、強引で。そんな風に口内を這い回り、いつもよりも性急に舌を捕らえられてしまう。

「ふぅ、っ……んぅ」

吸い上げるようにされて、吐息交じりのくぐもった声が響いた。

息苦しいけれど、嫌なわけじゃない。

むしろ、もっと激しくなっても構わないから、早く私の全部に触れてほしかった。

「椛……」

かすれた声に、胸の奥が震える。

同時に、体まで反応してしまったのか、下腹部がきゅうっとすぼまってじんわりとした熱が広がっていった。

「もっと、キスして」

欲しくて欲しくてたまらなくて、どうしようもない。

いったいなにがきっかけだったのかわからないけれど、まるでスイッチが入ったような感覚だった。

「言われなくても、飽きるほどするよ」

ふっと笑った誠さんの目にこもっていた劣情の色が、より濃くなる。

真っ直ぐに向けられている双眸が私だけを見てくれていると思うと、どうしようもなく幸せでたまらない気持ちにさせられた。

ますますもっと近くにいたくなって、彼の首に腕を回す。

それが合図だったかのように再び唇が重なり、すぐに舌を絡め合った。

骨ばった手が煩わしそうに私のコートを脱がせ、誠さんも自身の上着を脱いでベッド脇に放り投げるようにした。

ふわふわの生地のルームウェアも捲られ、無防備な下腹部が剥き出しになる。

熱い手が素肌に触れたかと思うと、パステルピンクのブラが押し上げられた。

いつも丁寧に扱ってくれる彼らしくない性急さが、余裕のなさを教えてくれる。

誠さんも同じ気持ちでいてくれることが嬉しくて、私は初めて自ら彼のシャツに手をかけた。

一瞬驚いたような顔をした彼が、すぐに腕を上げて脱がせるのを手伝ってくれる。

そうしてお互いの衣服を剥ぎ合い、一糸纏わぬ姿になるまでは本当にあっという間のことだった。

「椛……好きだ」

甘い声で私を呼び、愛を唱える誠さんが、私の弱い部分を愛でてくれる。

優しく、甘く。けれど、激しく、意地悪に。

汗ばんだ肌が触れ合うだけでも心地よかったけれど、触れられれば触れられるほど我慢できなくなっていった。

「誠さん……」

甘ったるい声で訴えれば、彼が唇の端を持ち上げる。

色香を纏った端整な顔に見惚れていると、すぐさま準備を整えた誠さんに体の奥まで貫かれた。

自分でも信じられないような甲高い声が響き、瞼の裏がすさまじく明滅する。

そのあとはもう夢中で、ただただ彼にしがみつくことしかできなかった。

私を呼ぶ声も、「愛してる」と呟く唇も、熱も吐息も……全部が愛おしい。

再び高みに押し上げられる瞬間、私の手をギュッと握ってくれた優しい手を一生離したくないと思った――。


熱と艶を帯びていた空気が、ゆっくりと溶けていく。

静かな夜はまだ終わらないとでも言うように、事後しばらくしても私は眠くならなかった。

「珍しいな、椛が眠らないなんて」

「うん。でも、まだ眠くないの。今日が楽しすぎて、すでに名残惜しくなってるからかも」

腕枕をしてくれている誠さんが、瞳をそっとたわませる。

「また来ればいい。軽井沢じゃなくても、どこでも行こう」

「うん」

「近場でも国内でも海外でも、ふたりで色々なところに行って、たくさんの経験や思い出を積んでいこうな」

旅行は、きっと簡単にはできない。

だとしても、夫婦として過ごす時間を少しずつ重ねていけば、同じように自然と思い出も増えていくだろう。

そんな風に、彼とずっと一緒にいたい。

「誠さんは、これからどんな風に過ごしたいとかある？」

「そうだな……椛は？」

わずかにためらうような顔をした誠さんに同じ質問を返され、私は不思議に思いつつも口を開いた。

「私は猫と犬を飼いたいの。ずっと飼いたかったけど、子どもの頃は父が許してくれなかったし、一人暮らしだとお留守番の時間が長くなるのがかわいそうで……」

「じゃあ、いずれ飼おう。そうなると今のマンションは引っ越さないといけないが、家を買ってもいいしな」

「いいの？　嬉しい！」

笑顔になった彼が、どこか慎重な様子で「あのさ」と続けた。

「俺は、子どもが欲しいと思ってる」

「え？」

「ずっと考えてたんだ。もちろん、椛の方がどうしても負担は大きくなるし、椛の意見も大事にしたい。ただ、俺は椛との子どもが欲しいから、椛の仕事のことを考慮した上で少しずつ考えていければと……」

言葉を選ぶ様子から、誠さんがさきほどすぐに答えてくれなかった理由を察する。

よつば幼稚園は、もちろん産休も育休も取れる。

ただ、園児や保護者目線で見れば、年度の途中で担任が代わるのは避けたい。

彼はきっと、そういった事情を考えてくれていたんだろう。

「私も誠さんの子どもが欲しいよ。今すぐには無理だけど、ちゃんと考えたい」

迷うことなく笑顔で言い切れば、誠さんが安堵交じりに微笑んだ。

「誠さんって子どもが好きだったんだね。前にも子どものことを口にしてたし」

「ああ……どう接していいかはわからないが、わりと好きな方だな」

まだまだお互いに知らないことがあるんだな、と思う。

「だが、子どもが好きかどうかより、俺は椛との子どもだから欲しいと思うんだ」

そんな中、真っ直ぐに見つめられて、鼓動が跳ね上がった。

(女の子だったら、パパの取り合いになるかも)

ずっと先のことを想像して、ふふっと笑ってしまう。

「どうした?」

そして、ふと一番の願いが脳裏に過った。

「ううん。あのね、子どもも猫も犬もいればきっともっと幸せだろうけど、一番は誠さんとずっと一緒にいたいなって思ったの」

「そんなの、当たり前だろ」

私の額と自身の額をくっつけた彼が、どこか自嘲気味な笑みを浮かべる。

「今この瞬間が泣きたくなるくらい幸せなのに、こんな気持ちにさせてくれる椛を手放すことなんて一生できない」

柔和な表情と声音に、胸が詰まる。

私はたまらなくなって誠さんにしがみつき、想いの丈をぶつけるように腕にぎゅうっと力を込めた。

「子ども……やっぱり私も早く欲しいな」

彼の耳元でぽつりと零せば、私を抱きしめたばかりの腕がピクリと反応する。

「……言ったな？　朝まで寝かせてやれなくなるぞ？」

「あっ、えっと……今日って意味じゃないよ？」

「それはわかってるが、寝かせてやれないのはどっちにしても変わらない」

「んぅっ……！」

強引なくちづけが私の吐息ごと呑み込んで、深いキスが始まる。

まだ余韻が残った体の準備はすぐに整い始め、再び彼を受け入れるまでにあまり時間は必要なかった。

甘く、深く、激しく……。

二度目の情交は、ふたりの境界線がわからなくなりそうなほど溶け合った。

＊　＊　＊

桜の開花にはまだ早い、三月中旬。

よつば幼稚園では、年長組の卒園式が行われた。

式は滞りなく進み、クラスごとと学年全体の記念撮影が済んだところだ。

今は園庭を開放し、園児や保護者があちこちで写真を撮っている。

初めて年長組を受け持っていた私は、次々と声をかけられて園児たちとの個々の撮影に応じていた。

服装は悩んだ末に着物と袴をレンタルしたけれど、間違いなかったと思う。

ただ、式のときに子どもたちの成長を改めて感じて泣きすぎたせいで目が腫れているから、写真写りは微妙だろうけれど……。

「もみじせんせい！」

撮影ラッシュが終わった頃、笑顔で駆け寄ってきた健太くんが私を見上げた。

三年前、少し大きかった制服は、今はもうわずかに小さく見える。

服に着られているという感じだったのに、すっかりお兄さんっぽくなった。

「先生、お写真いいですか？」

「はい、もちろんです」

健太くんの母親に声をかけられ、卒園式の看板の横で応じる。

一枚目と二枚目は健太くんと、三枚目は彼女も一緒に撮影した。

「本当にありがとうございました。こうしてみんなと一緒に卒園させていただけるのも、椛先生のおかげです」

「私も健太くんと卒園式を迎えたかったたですから。それに、ここまでたどりつけたのはお母さんが頑張ってくださったからです」

「先生……」

あの日から約半年。

健太くんの母親は、仕事を調整しながら送迎や行事をこなしてきた。

仕事でどうしても遅くなる日には両親にも助けてもらっていたけれど、登園の際には必ず母親が付き添っていた。

きっと、私が想像する以上に大変だっただろう。

そんな中、様々な手続きが済み、健太くんの親権はようやく母親側に渡った。

健太くんの父親は、あれから一度も幼稚園とは関わっていない。

念書のおかげか心から反省したからか、きちんと約束を守っている。

卒園式には両親揃って出席する家庭が多く、その光景を前にすればこれが正しいのかわからなかったけれど、健太くんの笑顔を見ていると間違っていたとも思わない。

「これからも頑張ってください。健太くんが笑顔でいられるように祈ってます」

「ありがとうございます」

健太くんの母親は涙を浮かべながらも、その目には強さを宿していた。

「あのね、せんせい。おみみかしてくれる？」

「うん？」

クイッと袴を引っ張られ、健太くんの背丈に合わせるようにしゃがむ。

「ぼく、ほんとうはもみじせんせいとけっこんしたかったんだ」

すると、健太くんが私の耳元でそんな風に言ってくれた。

「そっか。ありがとう」

照れくさそうに笑う健太くんは、「じゃあ、ばいばい」と右手を上げた。

「ばいばい。元気でね」

笑顔の母親と手を繋いで歩いていく後ろ姿を見て、鼻の奥がツンと痛む。

式で散々泣いたのに、今日は感動することが多すぎてまだまだ泣けそうだ。

「そろそろ園庭を閉める時間ね」

不意に背後から声をかけられて振り返ると、園長先生が立っていた。

「健太くんが無事に卒園できてよかったわ」

園長先生は、小さくなっていく健太くんたちの姿を見ながら目を細めている。

「はい。ちゃんと最後まで一緒に過ごせてよかったです」

「そうね。椛先生が決断してくれたおかげよ。勇気を出してくれて、健太くんの笑顔を守ってくれて、本当にありがとう」

「園長先生……」

ここまで言ってもらえるほどのことができたわけじゃないと思う。

けれど、素直に嬉しかった。

「これからも頼りにしてるわ。園児たちのために、ずっと椛先生らしくいてね」

「はい、ありがとうございます。でも、幼稚園教諭になってそれなりに経験を積んできたつもりですけど、私が子どもたちに色々なことを教えてるようでいて、私の方が子どもたちから学んでばかりなので、まだまだだなって思ってばかりですが……」

「そりゃあそうよ。私だって、この歳になってもそうだもの」

ふふっと笑った園長先生につられて、私も笑みを浮かべる。

「はい。だからこそ、私はこれからも子どもたちの笑顔を守れる先生でいたいです」

優しい笑顔で私を見つめた園長先生が、一度瞼を閉じた。

「私ね、七年前の事件のときのこと、今でもよく思い出すのよ」

あの恐怖と不安は、私だって一生忘れられないだろう。

しばらくはまともに眠れなかったし、見兼ねた父に勧められてカウンセリングを受けていた時期もある。

私以外にも、園児や同僚の何人かは心療内科を受診していた。

「あのとき、あなたは真っ先に園児を守りに行った。大人だって恐怖を感じる中、あの若さでそうそうできることじゃないわ」

「そんな……。あのときはただ必死だっただけです」

「だとしても、他人の盾になろうとするなんて誰もができることじゃないでしょう。だからこそ、私はあなたみたいな先生を大事に育てていきたいと思ったのよ」

目を見開いたのは、そんな風に思ってくれていたなんて知らなかったから。

よつば幼稚園に就職して以来、園長先生にはたくさんのことを指導してもらった。ときに厳しく、そして優しく、いつも親身に寄り添ってくれた。

つらいことや大変なことがあったときも、園長先生のもとだからこそ続けてこられたし、園長先生を尊敬して目標にもしている。

だから、胸が熱くなるほどの喜びが突き上げてきた。

「これからも大変なことはたくさんあるだろうけど、どんなときも職員全員で力を合わせて園児の笑顔を守っていきましょう」

「はい」

空は、絵に描いたような晴天。

園庭では、残っている園児たちの笑い声が響いている。

泣きすぎたせいで目は腫れていて、きっとメイクは崩れているだろう。

少し格好がつかないけれど、私は今日の青空と目の前の光景、そして園長先生の言葉をずっと忘れないと思った。

四　手に負えないほどの切愛　Side Makoto

気づけば春の気配は消え、夏を間近に感じ始めた。

六月初旬ともなれば、夜でも暑い日が増えてくる。

スーツで過ごすのをつらく感じ始めたのは、一か月ほど前だっただろうか。

ようやく衣替えを迎えてジャケットを着ていないとはいえ、今日も昼頃には三〇度近くになっていた。

「おっ、水無瀬！」

昼食後に自動販売機でコーヒーを買っていたところに、肩をポンと叩かれる。

振り返ると、汗だくの蜷川が立っていた。

「お疲れ。外から帰ってきたのか」

「おう。暑くて死ぬかと思った」

ネクタイを緩める彼に買ったばかりのアイスコーヒーを渡し、自分用に同じものをもう一本買う。

蜷川は「サンキュ」と笑った。

「疲れてるな」

「あ、わかる？　もうさ、新人がミスばっかりでフォローが大変なんだよ」

ため息をついた彼の部下が、どうやら毎日のように失敗をしているらしい。

新人なら、そういうことがあっても仕方がない。

俺たちだって、同じような経験はごまんとある。

ただ、面倒見のいい蜷川が困っているということは、指導するのがよほど大変なのだろう。

「あれは辞めるかもしれないな……。そうならないようにしてやりたいけど、全部フォローしてやれるわけじゃないし」

聞けば、定期的に飲みに行っては相談に乗っているのだとか。

彼なりに話を聞いてアドバイスをし、励ましているようだが、「辞めそうな雰囲気がめちゃくちゃ出てる」と肩を落としていた。

「お前ならどうする？」

「難しいな。本人が望むなら続けられるようにできる限りフォローしたいが、怪我や危険と隣り合わせだからこそ、ひとつのミスや一瞬の判断の遅れが命取りになることもある。そうなる可能性がある以上、『辞めたい』と言えば引き止めはしない」

冷たい言い方かもしれないが、取り返しのつかない怪我や殉職だってありえる。

それが俺たちの仕事だ。

中途半端な覚悟しかないのなら、生きる場所を変える方が本人のためになるかもしれない。

「だよなぁ。俺だって無理強いはしたくないし……。でも、性格的には真っ直ぐだし、刑事に向いてると思うんだよ。キャリア組だから将来もそれなりに堅いしさ」

蜷川の話しぶりから察するに、警護課には向いていないということなのだろう。

俺もそうだが、彼も職務中に何度も怪我をしている。

捜査一課に同時期に配属されていたときには、大怪我を負った同僚や殉職した先輩だって見てきている。

先輩の葬儀に参列した際、泣いていた家族の顔が忘れられない。

だからこそ、蜷川も部下の今後を案じているようだった。

「でも、いつか取り返しのつかないことになるくらいなら、続けられるような方向性で相談に乗るのはよくないか……」

「どうだろうな。お前がそう思ってても、相手はお前の面倒見のよさに助けられてるかもしれないし、それで救われてる可能性だってあるだろ」

「……お前って、昔からときどき妙に優しいよな」

含みのある言い方に眉を寄せれば、彼がニヤッと意味深に笑った。

嫌な予感がして、早々にこの場を立ち去ろうとしたとき。

「奥さんとはどうだよ？　仲良くしてるのか？」

予想通りの話題に踏み込まれ、ますます眉間に皺を刻んでしまった。

「それなりだ」

「どれなりだよ？」

「蜷川に話す必要はない」

「ちょっとくらい聞かせてくれてもいいだろ。こっちは新人教育で疲れてるんだから、癒し系の可愛い奥さんの話くらいでケチケチするなよ」

確かに、椛は可愛い。

癒し系どころか、癒しばかり与えてくれる。

しかし、自分以外の男の口から『可愛い』と言われると、ムッとしてしまった。

「え、なんだよ。これくらいで妬くのか」

俺の顔つきがよほど変わったのか、蜷川が唖然としたように見てくる。

「うるさい。椛が可愛いのは俺が一番わかってる」

「うわ〜、やっぱり聞くんじゃなかった。堅物の惚気なんて聞いても、普通にうざいだけだったな」

これが惚気であると気づけなかったほど、俺はムカムカしていた。

「もういいや。コーヒー、ごちそうさん。今度は俺が奢る」

ひらひらと手を振った蜷川に、同じように手を軽く上げて応える。

まだ嫉妬心が消えなくて仏頂面だった自覚はあるが、彼はさきほどよりも心なしかすっきりしたような顔つきをしていた。

(俺も戻るか)

スマホを取り出し、ディスプレイに表示された写真を見てふっと頬が綻ぶ。

椛は、相変わらず仕事に邁進している。

ただ、今年度は担任を持っていない。

彼女自ら、担任から外してほしいと希望していたのだとか。

俺が子どもが欲しいと話す前から、椛の中でもうっすらと妊活について考えていきたいという思いがあったらしい。

だから、あの旅行のあとすぐに園長先生に相談したと言っていた。

彼女は今、新人育成や加配人員として配置されており、若い教諭たちのフォローに奔走しているようだ。

『担任を持ってるときも大変だったけど、後輩の育成もまた別の苦労があるっていうか……悩みが尽きないよ。でも、やり甲斐はすごくあるの』

そう言って笑っていた椛は、相変わらず残業していることも多い。

互いに多忙を極めている時期にはゆっくり話せる時間もないが、それでもどうにか一緒に過ごせるように心掛けていた。

結婚した頃にふたりの間にあったぎこちなさは、最近ではほとんど見えない。

俺はもちろん、彼女もすっかりリラックスしてくれているのがわかる。

けれど、ベッドの中では照れて恥じらい、俺の征服欲をくすぐってくる。

そんな椛に夢中になっていくばかりで、想いは常に募っている。

いっそ果てがないのかと思うほど、日々膨らんでいく彼女への恋情に戸惑うこともあるが、幸せだと胸を張って言える。

ひっそり、スマホの待ち受け画面を椛にしてしまうくらいに。

(袴姿が可愛すぎて、どうしてもいつでも見られるようにしたかったんだよな)

卒園式の日、彼女は早朝に美容室に行き、袴を着付けてもらっていた。

しかし、仕事だった俺は、その姿を見ることが叶わない。

だから、ダメ元で『俺が帰るまで脱がないでほしい』と頼んでみた。

予想通り、椛は『恥ずかしいから……』と難色を示していた。

ところが、帰宅した俺を迎えてくれたのは、袴姿の彼女だったのだ。

あまりにも可愛くて、けれど色気もあって……。『写真を撮らせてくれ』と頼まずにはいられなかった。

椛は恥ずかしさからかたじろいでいたが、『誠さんが一緒ならいいよ』と承諾してくれたため、俺は無事に彼女の綺麗な姿をスマホに収められた……というわけだ。

椛は知らないが、密かに撮ったものも何枚かある。

恋心を自覚したときからずっと、俺の目には彼女が誰よりも一番可愛く綺麗に映っている。

それが、最近になってますます拍車がかかっていた。

可愛いだけではなく、仕事熱心で芯が強いところや真っ直ぐな性格も魅力的で、愛情とともに尊敬の念も大きくなっている。

自分の中にこんな感情が芽生える日が来るなんて想像もできなかったのが、まるで嘘のようだ。

恋愛経験は人並みにあったし、それなりの交際をしてきたつもりだった。

そのときどきで相手と向き合い、俺なりに大事にしていると思っていた。

けれど、今にして思えば、そうでもなかった気がする。

なぜなら、椛に抱いている感情とは全然違ったから。

仕事に邁進しすぎていたとはいえ、元恋人には別れ話をされてもあっさり受け入れられるほど執着もなく、特に落ち込んだ記憶もない。

相手が椛なら、必死に縋る自分の姿が思い浮かぶというのに……。

もっとも、俺は彼女を一生手放す気はないし、不幸な未来が訪れないために日々全力で大事にすると決めている。

もうすぐ迎える結婚記念日を、この先何年も一緒に過ごせるように——。

＊　＊　＊

本格的な暑さに見舞われるようになった、六月上旬。

俺たちは、初めての結婚記念日を迎えた。

今日も互いに仕事のため、後日改めて外食しようと約束している。

そのときに、なにか記念になるものを贈りたいと考えていた。

今夜は、デパ地下で買ったものを家で食べる予定だ。

最初は作ることを提案されたが、新人教育を一手に担っている椛だって忙しい。無理をしてほしくなくて、デパ地下などで購入するという代替案を出し、彼女が買い出し係を請け負ってくれたというわけだ。

俺は、予約していたケーキと花束を手に、急いで帰路に就いた。

「おかえりなさい」

「ただいま」

出迎えてくれた椛と玄関先でキスを交わし、花束を差し出す。

「わぁっ、綺麗……！」

目を真ん丸にした彼女は、すぐさま満面の笑みになった。

「こんなに大きな花束をもらったのって初めて！」

その言葉に、過去に男から花をプレゼントされたのだろうか、と勘繰る。

「成人祝いに祖父母が贈ってくれたり、卒園式でも花束をもらったりしたけど、それよりもずっと大きくてびっくりしちゃった」

しかし、椛の話しぶりからは、嫉妬心を抱く必要はなさそうだ。

「喜んでくれて嬉しいよ」

「うん！　本当にありがとう！」

密かに安堵した俺は、もう一度彼女の唇を塞いでからふたりでリビングに行った。

ダイニングテーブルには、プレートに移された料理が並んでいる。

「うまそうだな」

キッチンで花瓶に花を生けていた椛は、眉を下げて自嘲気味に笑った。

「目移りしちゃって、張り切って買いすぎたかも」

花瓶を持ってやってきた彼女の頭を、ポンポンと優しく撫でる。

「いいよ。腹は減ってるし、もし余っても明日食べればいいだけだ」

「そうだね」

一応ワインもあるが、明日も仕事だから控えておこうということになった。

彼女が「気分だけ味わおうよ」と言って出したふたつのワイングラスに、ウォーターサーバーから水を注ぐ。

少し締まらないかもしれないが、ふたりで過ごせるのならアルコールは必要ない。

記念日に一緒にいられるだけでも、ちゃんと幸せなのだから。

「一年間、ありがとう。これからもよろしく」

「こちらこそ、色々とありがとう。二年目もよろしくね」

乾杯をして、サラダに手をつける。

ダイニングテーブルいっぱいに並んだ料理は、どれもおいしそうだ。

食欲をそそり、ふたりでどんどん平らげていった。

デパ地下の料理だけあって味は申し分がない。

ただ、俺はやっぱり椛の料理が一番好きだと思った。

「タルトもおいしそう」

「これでよかった？」

「うん」

フルーツたっぷりのタルトを見て、彼女が嬉しそうに頷いた。

ケーキは俺が選ぶことになっていたから不安だったが、目を輝かせている椛の横顔を見てホッとした。

彼女が淹れてくれたアイスティーとともに、仲良くフルーツタルトも食べる。

こうしたなにげない時間にも幸せを感じられるのは、相手が椛だからだ。

そんな女性に巡り会え、そして夫婦として生きていけるのは、本当に幸運なことだと思う。

「あの、誠さん……」

幸福感に浸っていると、不意に彼女が神妙な面持ちになった。

なにかよくない話なのかと思ったせいか、心臓がドクンッと大きな音を立てた。

「どうした？」

緊張しながらも、真っ直ぐに椛を見る。

「えっと、まだ確定じゃないし、もしかしたら間違いかもしれないんだけどね」

いやに念を押す彼女に、「うん」と相槌を打つ。

「できた、かも……」

「え？」

なにが〝できた〟のか、すぐにはわからなかった。

「その……赤ちゃん」

俺の戸惑いを察するように、椛がおずおずと検査薬を差し出す。

それには、陽性のところにうっすらと線が出ていた。

直後、胸が熱くなって、ぶわっ……と鳥肌が立った。

喜びと興奮が突き上げてくる中、『確定じゃない』と言った彼女の手前、どうにか平静を装おうとしたが、平常心ではいられない。

「まだ検査薬で調べただけだし、陽性反応もすごく薄くて……。でも、ずっと生理が遅れてるから、たぶんそうかなって……」

椛は、続けて「最近の検査薬の信憑性は高いみたいだし」と口にした。

「でも、絶対じゃないから、明日病院に行ってみようと思ってて」

「あ、ああ……そうだな」

嬉しいのに動揺もしていて、返事をするだけで精一杯だった。

「その前に誠さんにも伝えておきたいと思ったんだけど、もしできてなかったらごめんね」

しかし、浮かない顔をしている彼女を見て、ふと冷静になれた。

「どうして謝る？」

「えっと、ぬか喜びになったら申し訳ないなって……。でも、私もまだちょっと動揺してて不安だから、誠さんに話を聞いてほしくて……」

「……椛、あっちで話そう」

俺がソファを指差すと、椛もすぐに立ち上がった。

ふたりで肩を並べて座り、彼女を真っ直ぐ見つめる。

「まず、椛が謝る必要はない。子どもができること自体、奇跡みたいなものだろ。だが、そもそもひとりで妊娠できるわけじゃないし、子どもができていてもできていなくても椛だけがすべてを背負う必要なんてないんだ」

「うん……」

ホッとしたように微笑んだ椛の手を取り、ギュッと握る。

「それはたとえ出産したあとでも同じだし、なにかあれば一緒に考えて向き合っていきたい。だから、ひとりで悩んだり苦しんだりしないでほしい。もちろん、子どもができていなかったからといって、ぬか喜びになるとか申し訳ないとか思うな」

少し口調がきつくなってしまったかもしれないと、ここでようやく気づく。

けれど、彼女にはきちんと伝わったようで、柔らかな笑みを返された。

「本当はね、ぬか喜びになるのが怖かったのは私の方なの」

程なくして眉を下げた椛が、また不安そうに微笑む。

「検査薬を使うとき、すごくドキドキしてちょっと不安もあったんだけど、陽性だってわかったときは本当に嬉しくて……。だから、もし妊娠してなかったらと思うと、急に怖くなったんだ……」

きっと彼女も嬉しくて、それゆえに妊娠していなかったときのことを想像したら怖くなったのだろう。

「でも、誠さんに聞いてもらえて安心した。まだ不安はあるけど、明日病院でちゃんと調べてくるね」

「もう予約は取ったのか？」

「うん、一応……。仕事終わりに行くからギリギリになりそうだけど、たぶん間に合うと思うし」

「じゃあ、俺も一緒に行くから、病院の名前と場所を教えて」

「え？　でも、誠さんは忙しいでしょ。ひとりで大丈夫だよ」

慌てて首を横に振る彼女に、笑みを向ける。

「俺が一緒に行きたいんだ。妊娠してたら真っ先にふたりで喜びたいし、もしできてなかったとしても椛がひとりで落ち込むのは嫌だから」

「誠さん……ありがとう」

瞳に涙を浮かべた椛を抱きしめれば、彼女も俺の背中に腕を回した。


翌日、俺は椛が予約したレディースクリニックに急いだ。

着いたときにはすでに検査や内診が終わっていたが、医師の話を聞くまでにはどうにか間に合った。

彼女とともに診察室に入ると、まずはベッドに寝るように言われ、バスタオルをかけられた腹部にエコーが当てられた。

ドクン、ドクン、と小さなノイズが混じったような音の中、心音のようなものが聞こえる。

程なくして、女性の医師が笑顔で俺たちを見た。

「おめでとうございます。ご懐妊されていますよ。心臓の音も綺麗で、しっかり動いてます」

「っ……」

椛が、すぐ傍に立っている俺を見上げる。

その顔には、動揺と喜び、まだ信じられないというような感情が浮かんでいた。

喜びが突き上げてきた俺からは、声にならない声が漏れる。

ごく自然と彼女の手を取ると、普段よりも強い力でギュッと握り返された。

「この小さな点が、おふたりの赤ちゃんです」

ベッドから起きた椛とともに椅子に座り、エコー写真をまじまじと見る。

医師の説明をきちんと聞いて理解しなくてはいけないのに、興奮した思考がその邪魔をする。

それでも、どうにか平静でいるように努め、必死に耳を傾けた。

予定日は、十二月下旬。

悪阻の程度は人によるが、これから始まるだろうということだった。

彼女の職業を確認した医師が、「初期は流産の可能性も高いから無理はしないでください」と告げ、園児の抱っこや過度な運動は避けるようにという注意もあった。

喜びを噛みしめながら帰宅したものの、まだどこか信じられない。

椛も同じだったようで、まるで赤ちゃんの存在を確認するかのようにまだなんの変化もない下腹部に何度も触れていた。

興奮のせいか、ベッドに入ったあともなかなか眠れずにいた。

彼女も寝付けないようで、どこかソワソワしている。

「ここにいるんだよな」

椛を抱き寄せて下腹部に触れれば、彼女が小さく頷いた。

「うん。私もまだ実感が湧かないけど、ちゃんとエコーに写ってたし、心臓の音も聞こえたよね」

「ああ」

力強い鼓動だった。

これからこの世に生を受けて生きていくことを楽しみにしているような、そんな音に聞こえた。

「ねぇ、男の子と女の子、どっちだと思う？」

「どうだろうな……。あれだけ大きな心音だったから、男の子な気がする」

「私は女の子だと思う」

ふふっと笑った椛が、「でもどっちでもいいよね」と目を細めた。

「男の子でも女の子でも、まずは元気に生まれてきてくれるのが一番だから」

その表情には、すでに母性が滲んでいる。

慈愛に満ちた優しい眼差しは、初めて見る顔だった。

「ああ、そうだな。もちろん、椛にも無事でいてほしいし、出産するまでだってなにがあるかわからないから無理はしないでくれ」

「うん、わかってるよ。だから、園長先生には週明けに話そうと思ってるの。なにかあったら大変だし、悪阻が始まれば迷惑をかけるかもしれないから」

「それがいい。体力仕事だし、それでなくても体への負担も大きいだろうから、職場の理解は必ず必要だ」

彼女の判断は、きっと正しい。

いくら健康でも、流産のリスクは一定数ある。

それを考えれば、あまり早いうちから周囲に話すべきではないのかもしれない。しかし、相談せずにいたことで無理をするはめになり、不幸な結果をもたらせば本末転倒だ。

だからこそ、せめて園長先生には伝えておくべきだと思う。

「この子が元気に生まれてきてくれるようにしなきゃね」

「ああ」

椛と出会ってからずっと、幸せなことばかりだった。

それなのに、まだそれ以上の幸福感があるのだと知り、彼女を今まで以上に大事にしたくなった。

警察官として過ごしていれば、眉をひそめるような事件ばかりを目にする。

捜査二課で担当するのは、汚職やサイバー犯罪など人間の醜さが出る汚いものばかりで、殺伐とした状況や日々にうんざりすることだってある。

世の中をよくしたい。

困っている人を助けたい。

警察官として平和な街を作っていきたい。

そんな思いを胸に入庁したはずだったのに、どれもあくまで理想でしかなく、いち警察官にできることなんてたかが知れている……と何度も思い知らされた。

だからこそ、椛の存在に救われている。

彼女が癒しである以上に、支えになってくれている。

あの事件のとき、身を挺して園児を守ろうとした椛の真っ直ぐさを思えば、警察官である俺が汚い奴らに打ちのめされてはいられないと思うのだ。

「椛。俺は椛がいてくれるから、どんなときだって頑張れるよ」

「急にどうしたの？」

きょとんとした彼女に、そっとキスをする。

「いや、伝えたくなっただけだ。愛してるって」

刹那、椛が大きな花束のような華やかで明るい笑顔を弾けさせた。

「私も大好きだよ」

幸せそうな表情に、胸の奥が高鳴る。

俺はもう一度キスをしながら、世界中で一番幸せなのは自分だろう……なんてガラにもなく考えていた——。

エピローグ　Side Makoto

どこか慌ただしさを感じさせる、師走。

俺は、クリスマスカラーに彩られた夜の街を全速力で駆け抜けていた。

椛から【破水したと思う】と連絡が来たのは、午前九時過ぎのこと。

初産は予定日よりも遅れることが多いと周囲から聞いていたが、実際には十日以上も早く、メッセージを読んだときは驚いた。

しかも、今日に限って朝一で令状が下り、大企業の社長宅に家宅捜索に入ることになったため、すぐには駆けつけられない状態だった。

できれば立ち会いたいと思っていたのに、病院にすら行けない。

彼女の母親が付き添ってくれているようだが、始終気が気ではなかった。

とはいえ、業務を放り出して行くわけにもいかない。

もどかしい状況の中でどうにか無事に仕事を終え、警視庁を大急ぎで出てタクシーに乗った。

ところが早々に渋滞にハマり、車を降りて走ることにしたのだ。

「すみません、水無瀬椛の夫です……！」

「少々お待ちください」

クリニックに着いたときには、息が上がっていた。

真冬だというのに汗だくで、ハンカチで額を拭ったときにコートを忘れてきたことに気づく。

今夜は凍てつくような寒さだったというのに、そんなことに構う余裕もなかった。

「奥様はさきほど分娩室に移動されたようです。バースプランでは立ち会い希望とのことですので、ご案内しますね」

受付でそう説明され、すぐさま看護師に促される。

先に分娩室の手前にある部屋に案内され、手洗いとうがいを済ませてエプロンのようなものを着用した。

分娩室に移動すると、分娩台には椛がいた。

彼女はちょうどいきんでいるところで、顔を真っ赤にして呻いている。

「椛、頑張って……！」

そんな椛の傍にいる彼女の母親は、手を握りながら見守っていた。

「あっ！　誠さん！」

椛の母親が俺に気づき、その声につられたように椛が俺を見る。

その瞬間、彼女が安堵交じりに微笑み、息を吐き切りながら涙を流した。

「椛、遅くなってごめん。お義母さん、ありがとうございます」

「いいのよ。急いで来てくれたんでしょう」

椛の母親は、俺の事情を察するように笑った。

「私は外で待つわね。ここは誠さんに任せるから、椛をお願い」

一瞬、これでいいのかと思った。

椛にとって、俺よりも母親が傍にいる方が心強いのではないか。

彼女の母親だって、ここまで付き添っていた娘から離れるのは嫌なのではないか。

そんな考えが脳裏を過ったのだ。

「誠さん……」

しかし、俺を呼んだ椛は、母親に握られていた手を離して俺に差し出した。

その瞬間、俺の中の迷いは綺麗さっぱり消えた。

「椛、傍にいられなくてごめん。不安だっただろ」

眉を下げた俺に、椛が力なく、けれど柔らかく笑う。

「言ったでしょ？　これからは刑事の妻を務めてみせる、って。こんなの想定内だったし、生まれるまでに来てくれただけで充分だよ」

彼女は汗をびっしょりかき、呼吸だって乱れている。

一目でわかるほど苦しくつらそうなのに、それでも俺を気遣ってくれる強さに胸を打たれる。

こんなときなのに、椛への想いが溢れ出してしまいそうだった。

「っ……！　うぅ……痛っ……！」

再び苦しそうに叫んだ彼女が、歯を食いしばる。

握ったばかりの手に込められた力は、普段の椛からは想像もできないほど強い。

俺の手の甲は白く、指が赤くなり、骨まで痛くなった。

けれど、彼女を襲っている痛みと苦しみに比べれば、きっとたいしたことはない。

「水無瀬さん、力を入れちゃダメよ。ほら、息を吐いて」

「ひっ……！」

助産師の声が届かないのか、椛が息を詰めて喉を仰け反らせる。

「椛、落ち着いて。ゆっくり息を吐くんだ」

俺は、青ざめていく彼女の頬に手を当て、できる限りいつも通りに話しかけた。

「大丈夫、一緒に練習しただろ？」

両親学級ではもちろん、家でもふたりで練習した。

「ほら、フーーーッ」

そのときと同じようにしてみれば、涙目で俺を見た椛が苦しげに息を吐き出した。

「そうだ、上手いぞ」

「いいわよ、水無瀬さん！　その調子よ！　もう頭が見えてるからね！」

助産師の言葉に椛が頷き、医師が椛の足元で腰をかがめて様子を見ている。

「よし、水無瀬さん。次の陣痛が来たら思い切りいきみましょう。目は閉じないで、しっかり息をして力を入れてね」

「はい……」

椛は力なく首を縦に振りながら、手にギュッと力を込める。

「椛、頑張れ……！」

ありきたりなことしか言えなかった俺は、彼女の手をしっかりと握り返した。

「うっ……！」

程なくして、椛の顔が歪む。

「ううぅ……っ」

握ったままの手は真っ赤になり、爪が食い込んだが、痛みなんて感じない。

彼女と子どもが無事であることを懸命に祈り、その瞬間を見届けようとしていた。

数秒後、椛の涙交じりの叫び声が響き渡った。

医師たちが、「頑張って！」や「もう少しよ」と口々に声をかける。

俺は歯を食いしばり、椛の手を握り続けた。

「……ほにゃぁ……」

小さな産声が聞こえたのは、それからどれくらい経った頃だったのか。

わからなかったが、医師が赤ちゃんを取り上げるところが見えた。

「おめでとうございます！　元気な男の子ですよ！」

血液がついた土色のような肌は、生まれたての証だろう。

しわくちゃでふにゃふにゃなのに、世界で一番可愛く思えた。

「椛……！」

目の前が歪んでいることに気づいたのは、振り向いて椛を見たときだった。

視界の中にいる彼女が笑っているのはなんとなくわかるのに、映るものすべてがぼやけている。

「誠さん……」

彼女も泣いているようで、涙声だった。

「椛、ありがとう……」

そう伝えるだけで精一杯で、これ以上の言葉が出てこない。

「水無瀬さん」

助産師に体を拭われた赤ちゃんが、椛の胸元に乗せられる。

間近で見るその姿はあまりにも小さくて、触れれば壊れてしまうのではないかと思ったくらいだ。

「可愛い……っ。すごく可愛いね……」

泣きながら笑う椛に、繰り返し大きく頷く。

その後、赤ちゃんを抱いた俺は、感動で胸が詰まりながらも喜びと安堵と幸福を感じていた。

十二月十一日、二十時五十三分。

この数字は、生涯忘れないだろう。

椛と赤ちゃんが病室に戻ってくると、彼女の母親は少しして帰っていった。

「手、ごめんね。痣と傷になってるのって、私が強く握ったせいだよね」

申し訳なさそうな椛に、すかさず首を横に振る。

「これくらい平気だ。それに、椛の痛みや大変さに比べれば、どうってことはない。俺の方こそ、すぐに駆けつけられなかった上、手を握ることしかできなくてごめん」

「ううん。誠さんがいてくれてよかったよ。陣痛は今までで一番痛くて苦しくて、助産師さんたちの声が途中でよくわからなくなって……もう無理だって思ったのに、不思議と誠さんの声だけはちゃんと聞こえてきたの」

真っ直ぐに微笑む彼女は、これまでで一番美しく見えた。

ただただ愛おしさが込み上げ、感謝と愛情が胸いっぱいに広がっていく。

溢れ出しそうな幸せな感情たちを伝えるように椛にキスをすれば、彼女は花が綻ぶがごとく柔らかく破顔した。

つられて笑った俺と椛の傍にあるコットでは、赤ちゃんがすやすやと眠っている。

その姿を眺めているだけで、心が何物にも代えがたい幸福感で満ちていった——。

番外編　『幸せをくれる体温』

どこか遠くから、生後一か月の最愛の息子――守《まもる》の泣き声が聞こえる。

泣き方から呼ばれているのはわかるのに、連日の睡眠不足のせいで起き上がれないどころか、瞼も思うように開けられない。

「どうした？　眠れないのか？」

すると、私の隣にいた誠さんが動いた気配がし、少しして守の泣き声が止まった。

申し訳ない気持ちとは裏腹に、体はまだまともに動かない。

「守は俺が見るから椛は寝てて」

寝ぼけ眼のままどうにか半身だけを起こした直後、大きな手が私の頭を撫でた。

「ん……でも……」

「大丈夫だから」

瞼をこすって顔を上げれば、ベッドに腰掛けていた彼が私を優しく見ていた。

右手には守を抱きながら、左手では私の背中をトントンと叩いてくれる。

まるで子どもを寝かしつけるような仕草なのに、私の瞼は再び下りていった。

それからどれくらいの時間が経ったのか、心地よい温もりの中で目を開けた。

「……あ、悪い。起こしたか」

そっと抱き寄せられた感覚で起きた私に、誠さんが申し訳なさそうに微笑む。

「ううん……。守のこと、ありがとう」

「お礼なんかいらないって、いつも言ってるだろ。守は俺たちの子なんだから」

彼は、父親になってもとても相変わらずとても優しくて、なによりも守と私を大事にしてくれている。

初めての育児に奔走する中で、誠さんがどれだけ私の支えになってくれているか。

多忙でも決して家庭を蔑ろにしない彼のおかげで、私は慣れない育児に追われる日々の中でも揺るぎのない幸福感を抱いていられる。

「ほら、また守が起きる前に寝よう」

「うん」

唇に慈しむようなキスが与えられ、私は誠さんの胸元に額を寄せる。

そして、今夜も幸せをくれる体温の中で眠りに就いた。

END

あとがき

このたびは、『クールな警視正と交際0日お見合い婚で蜜甘夫婦になりました～堅物旦那様は箱入り新妻への恋情を抑えきれない～』をお手に取っていただき、本当にありがとうございます。河野美姫《かわのみき》です。

今作は警察官ヒーローでしたが、いかがでしたでしょうか？

マーマレード文庫様ではこれまで様々なヒーローを書かせていただきましたが、誠はその中でも上位に入るくらい掴みにくいキャラで、特に冒頭は苦戦しました。

クールで堅物なくせに内心アタフタしているところは書いていて楽しかった反面、何度も悩まされ、寝ても覚めても誠というキャラと対話しているような感じでした。

椛は、マーマレード文庫様の既刊の中では一番年上のヒロインだったこともあり、社会人としてきちんと落ち着いた大人のふたりだからこそ、どんな会話やデートをさせるか、どんな風に距離を近づけていくのか、ひとつひとつに随分と悩みました。

とはいえ、私はヒーローとヒロインをじれじれさせるのが大好きなので、両片想いなのに噛み合わないふたりのことを書くのがとても楽しく、ふたりが想いを伝え合うシーンになっても『もっと焦らしたい！』と思っていました（笑）。

ですが、甘々なふたりを書くのはもっと楽しくて、迫りくる〆切を前に早く書き終えなければ……と焦りつつ、完結させたくないという気持ちもあり……。

ただ、あとがきを書いている今は、番外編まで書けたことに満足もしています。

今作でもご縁をくださったマーマレード文庫編集部様、わかりやすく的確なご指南をくださった担当様、心よりお礼申し上げます。

表紙イラストをご担当くださいました、浅島《あさじま》ヨシユキ先生。ラフ画を拝見した段階で、隅々まで美麗なイラストに感動しきりでした。ふたりの雰囲気をそのままに素敵なイラストを描いていただき、感謝しかありません。

そして最後に、いつも応援してくださっている皆様と今これを読んでくださっているあなたに、精一杯の感謝を込めて。本当にありがとうございました。

またどこかでお会いできますよう、今後とも精進してまいります。

河野美姫

マーマレード文庫

クールな警視正と交際0日お見合い婚で蜜甘夫婦になりました
～堅物旦那様は箱入り新妻への恋情を抑えきれない～

2024年11月15日　第1刷発行　定価はカバーに表示してあります

著者　河野美姫　©MIKI KAWANO 2024
編集　株式会社エースクリエイター
発行人　鈴木幸辰
発行所　株式会社ハーパーコリンズ・ジャパン
東京都千代田区大手町1-5-1
電話　04-2951-2000　（注文）
0570-008091　（読者サービス係）
印刷・製本　中央精版印刷株式会社

Printed in Japan ©K.K. HarperCollins Japan 2024
ISBN-978-4-596-71781-8

m a r m a l a d e b u n k o